恋するヒマワリ

青空と自由の国から、この絵をきみに

短編プロジェクト 編

集英社文庫

Contents

恋するヒマワリ

Sunflowers in Love

青空と自由の国から、この絵をきみに

恋するヒマワリ
青空と自由の国から、この絵をきみに

佐藤うさぎ

1

——亮《りょう》先輩、婚約解消したんだって。

そう噂《うわさ》好《ず》きの太一《たいち》から吹きこまれなかったら、まちがいなく衣吹《いぶき》はまだ居残り残業していただろう。

五月初旬、銀座《ぎんざ》。金曜の夜。薄地のワンピースを着てはみたものの、カーディガンを羽織っただけだと夜風が染みる。大手町《おおてまち》のオフィスビルを飛び出した時にはまだ熱を帯びていた身体《からだ》が冷たくなっていく。

だけど重たいのはむしろ心かもしれない。銀行の窓口業務なんて、しんどくて神経すり減るのが当たり前だ。そう割り切っていても、午前中に来た運送会社の社長——あのセクハラ親父《おやじ》。いつも来るなり人の胸や尻ばかり見やがって。目つきがキモいったら。

ああいう手合いにとって、若い女は人間になりきれてすらいない。ただの陳列棚に並んだ、欲望を満足させる品物なのだ。なんであんなのが大手を振って世の中うろうろしていられるんだろう、むかつくったらない。

――なあ衣吹ちゃんはなにか知ってる？　亮先輩、もう式場も予約して案内状まで刷ってたらしいのにさ。

なのに昼休みにわざわざ別部署からやってきた同期の川上《かわかみ》太一は、声にまで好奇の色を滲《にじ》ませていた。一難去ってまた一難だ。

――ここだけの話だけど花南《かな》ちゃんってば、結婚式費用を大半、海外の怪しいオークションサイトにつぎこんじゃったらしいじゃんか。

くだらない、ゴシップ好きな男。T大卒が聞いて呆《あき》れる。あんたに花南のなにがわかる。知ってどうするよ。

胸内のモヤモヤを笑顔のオブラートで包み隠し、じゃれつく犬のような男を体よく追い払ってまもなく、花南当人からフインが入った。

――衣吹、今夜空いてる？　飲みたい気分なの。七時半にいつもの店で待ってるから。

桜井《さくらい》花南は学生時代に知り合った親友だ。二人とも大学図書館でバイトしていた。そのうち同じ学年、学部なのにあまり授業で鉢合わせないのを不思議に思って尋ねたところ、花南は教授推薦でいくつかの授業を飛び級していると言った。

聞けば生まれてから十五年ほどオーストリアの首都ウィーンに住んでいて、英語とドイツ語はネイティブ並みに話せるとか。だから必修の基礎講座を三、四年の演習授業にふりかえさせられたそうだ。

飛び級。なんだかハイソな響き。けれどそう評したら、本人はばっさりその感情を否定した。

——あんなの不条理システムだよ。だって演習取ってる先輩達は四単位もらえるのに、わたしはやった勉強を基礎講座枠で評価されちゃうんだから。同じことやって二単位しかもらえない、それってやっぱりおかしいでしょ。

頭の良さを自慢も卑下もしない。しかも他人の野次馬的興味をさらっとちがうベクトルに変換する。そんな機転の良さが花南の好ましいところだよなと思いながら衣吹は裏通りに入り、インド料理屋の階段を上がった。

お洒落《しゃれ》なイタリアンなどとちがって、エスニック店はどこか昭和的な退廃感がある。ぶっちゃけ壁紙が汚れていたり明かりがシャビィなのだけれど、そうした薄暗がりがきつい香辛料の香りと相まって、人肌めいた暖かさを感じさせるのはなぜなんだろう。

「あは、ごめん衣吹。勝手に一人で飲んでましたー」

店奥のボックス席で、赤ワインを片手に花南が手を振る。後ろで軽く結い上げた長い艶髪、柔らかな印象の柳眉、ぱっちりした黒い瞳。笑った唇からのぞく白く並んだ歯。

きめの細かい艶肌。あいかわらずの綺麗《きれい》目美人だ。

服装だって清楚《せいそ》な綿シャツに巻きスカートで、特別目立つファッションじゃないのに上品で――まあこの子は欧州帰りだから。

「で？　なんで飲みたい心境に？」

ブランドバッグを無造作に奥の席へ押しこみ相手を観察した。これはたしかに太一の言うとおりかもしれない。頬を真っ赤に染めて、瞳をきらきら光らせて。今夜の花南にはただならぬ気配が漂っている。

「えー、べつに意味なんかないよぅ、衣吹の真似《まね》してみただけだもん」

「噓《うそ》。絶対おかしい。酒好きでもないあんたが先に飲んでるなんて」

マスクをはずさずに言い切ると、花南はあっさり降参した。

「先週末に飼ってた金魚が死んじゃったから……その、ね。今日はその追悼集会よ、衣吹さん」

なんじゃそれは。意味不明。しかし当人はあっけらかんと店員を呼びつけ、勝手に料理をオーダーした。エビのバターマサラセット辛めで。あとグリーンサラダとスパイシーチキンとマンゴーラッシー、全部二人分ね。それから赤ワインもう一本追加で。

「ちょっ、あんた飲みすぎ。てか金魚って」

「だって十三年も飼ってたのにぃ。大きさだってこんなになるくらい成長して」とテーブルに置いてあった籠からデザートスプーンを取り出して見せると「綺麗なコメットだったのに、白点病になっちゃって、酸欠でアウトよ。メチレンブルー溶液って全然効かないのね。あっけないものよ、生き物の死なんて」

いきなり瞳が虚《うつ》ろに翳《かげ》ったので衣吹はぎょっとした。まずい、泣かれる。メチレンなんとかって魚の薬だろうか。けれど相手の指がつかんだのは空になりかけた赤ワインのボトルで、その中身はこぽこぽ音を立ててグラスに注がれていく。

「紅緒《べにお》ちゃんはすごく気が優しくて、さみしがり屋で臆病でー」

その魚とは心が通じあっていたのだと花南はろれつの回らない口調で主張した。そうですか。じゃあなにかい、わたしは死んだ魚の供養をするためにここへ呼ばれたのかね。

衣吹は片手を上げて相手を止めると声をかけた。

「ところで花南、婚約破棄したって本当なの」

すると相手は一瞬だけ喉をひくつかせた。なるほど、やはり太一の情報どおりだ。白い薬指に重たく光っていたはずのダイヤはもう消えている。

「本当だよ。なんで知ってるのぉ、衣吹」

「太一から聞いた。あいつ亮さんと同じ大学卒だからさ」

「ああ太一君、衣吹の飲み友の。仲いいよね二人。つきあったりしないのー?」

聞かれて反射的にしょっぱい顔をしてしまった。

「えっ、やだよ、あんな知りたがり」

「衣吹、言い方。彼、明るくて親切じゃない」

「あいつは他人との距離感がおかしいんだよ。悪気がないからよけいにタチが悪いの」

「あーあ、一刀両断だなぁ」

「太一はあくまで仕事上のライバル。それより婚約破棄ってなに？」

さあとことん釈明しなさいよと衣吹は息を吐いた。本当はゴシップなんて聞きたくない。だけどこれはけじめだから。

「なんでも聞くから、どんと来いっ」

トランプのババを引いてしまった実感はある。それでも自分は他人の不幸を酒の肴《さかな》にはしない。まっとうな大人とはそうあるべきだ。だから覚悟を決めて核心を突く。

「しかもあんた、結婚式費用を怪しいサイトにつぎこんだんだって？」

「あはは、やだー、太一君たらそんな噂まで広めてるのー、ひっどーい」

「なんだ。もしかしてデマだった？」

相手がけらけら笑うので胸を撫《な》でおろしたせつな、ふにゃりと花南の首が横にゆれた。

「うらん、本当だよー」

「……は？」

「大丈夫、わたしの稼いだお金だけだから」

は、と衣吹はまた言った。なんだろう、おかしいな。今日は花南の話す内容がまるでわからない。大丈夫ってなにがだ。

「いくらよ。いくらつぎこんだの」

「えーと、とりあえず百万くらい？」

心臓がぎゅっと縮まっていく。とりあえずって。それは巷《ちまた》でよく聞くナントカ詐欺じゃないのか。

「……で亮さんは、なんて？」

乾いた声しか出なかった。なのに相手は淡々とグラスをかたむけるばかりだ。

「ちょっと花南、わたしを信用してよ。太一にも誰にも言わないから」

「……亮はー」

「うん」

「めちゃくちゃ怒ってたっ。怒鳴られて殴られたよ、暴力振るうなんて最低だよねぇ」

なにがおかしいのか花南はけたたましく笑った。そうとう酔いが回っているようだ。

「だって、しかたないでしょ？　送金すれば、彼の助けになるってわかってるんだから」

「つまり、なに。他の男が原因ってこと？」

しぶい顔をして問いただすと、はたして花南はうなずいた。かーん。衣吹の頭の中でバットの金属音が鳴る。貢いだのかよ別の男に。なんで。毎日あくせく働いて節約して、ようやく勝ち得たものを、どうしてそんなに簡単に手放せるんだ。

「いちおう絵を買ったんだけどねぇ」

花南はまだ嬉々《きき》として酒を飲み続けている。

「どんな絵かなんてわからないし、届くかどうかも怪しいんだけどぉ。発送されるかだって今、微妙な状況だからー」

「……なんでそんな怪しい話に乗ったのっ」

「えー、やっぱり怪しいか。そうかそうか」

なんなの馬鹿なのあんたは。叱りつけようとし、すぐに思いなおした。いや、花南は馬鹿じゃない。いつだって思慮深くて慎重で、学校でも会社でもミスなんかした記憶がない。

だからあの誰からも一目置かれている優秀な風祭《かざまつり》亮が、花南を花嫁にと選んだのだ。彼の選択は慧眼《けいがん》だったと思っている。でもじゃあこの状況は。原因はなんだ。わからない。今夜は花南がまったく知らない人間に見える。

「あっ、ごはん来た。早く食べよ、お腹《なか》ぺこぺこー。この店、コロナ対応で一時間半しかいられないって。ねえ今日うちに泊まっていく？」

下からのぞきこまれ、猫のように甘えた声を出されて衣吹は憮然《ぶぜん》とした。

「ちょっとやめて。あんたのそれ、無駄にかわいいから。誘う相手をまちがえてるよ」

「うふふ、心配しなくても、もうあの人出て行ったし。今日は金曜日だよ」

うんざりと目を閉じかけ、思い直す。たしかに花南が一人暮らしする世田谷《せたがや》のマンションには、衣吹だって学生時代から何度か訪れている。だけどおかしい。この二年、疫病騒ぎでほとんど一緒に食事しなかったけれど、この子は以前からこんなにのらりくらりしていただろうか。

「ねっ、いいでしょ？」

ちがう、逆だ。ぴんときた。はしゃいでいるように見えるけれど、これは表情が凍るのを防ぎたいからで。だいたい花南は金を男に貢いだり、金魚に先立たれたからって酒に溺れる女じゃなかったはずだ。

「……わかった。ちょっと待って」

衣吹は鞄《かばん》から携帯を取り出した。やれやれと肩を落としながら弟とショッピングモールに行く予定をキャンセルする。恋人不在歴七年。横浜で実家暮らしの身にとって、母は良き相談相手で安らぐ同居人だ。だから明日は気合いを入れて誕生日プレゼントを選ぶつもりだった。

でもこの夜、衣吹は花南の要求を優先させた。――だってこれはただの勘だけれど、おそらくこの親友は二十八歳の誕生日を目前にして溺れかかっている。空っぽになった部屋の中、たった独りで。

2

久しぶりに訪れたのに、その1LDKの部屋は清潔でホコリ一つ落ちていなかった。花南はインテリアコーディネーターの資格を持っている。北欧製の椅子に有名ブランドの銀色ソファ。シックな茶系のラグに磨き上げられた書棚。マスクを外したとたんアロマ油の清涼な香りがした。

「おお綺麗にしてるじゃん。えらーい」

あいかわらず居心地のいい空間だった。衣吹は心の中で拍手する。机の上が整然としている人間は頭の中も整理整頓されてるって言うけれど、部屋も机と同じだ。ただ以前来た時に存在した男の気配だけは、きれいさっぱり消えていた。

「衣吹、うちに来るの、ずいぶん久しぶりだよねぇ」

「まあ世の中コロナ禍だったしね」

「でも衣吹ってマスクしてても、いつも華やかで恰好《かっこ》いいよぅ。友達として誇らしい」

あんたは酔いにまかせてなにを言ってるんだ、と衣吹はあいまいに笑った。わたしは地黒だし化粧で色々とごまかしてこの程度だぞ。そういうのは自分の顔を鏡で見てから言ってほしい。

「お茶入れるから、適当にくつろいでてー」

甲斐甲斐《かいがい》しく立ち回る花南の背中を見てぼんやり思う。そうだ。この部屋に寄りつかなくなったのはあの男臭さに気《け》おされたせいだった。

部屋に入ればどうしたって、亮と花南がここでどうすごしているのか想像してしまう。でもそれは偶然あられもない画像を見てしまった時の不快感にも酷似していて。

だから衣吹は花南と距離を取った。独り身の女というものは、そうやって男のいる女に勝手に気を遣い、自然と疎遠になっていくものなのだ。

寂しくないと言えば嘘になる。けれど衣吹はそれでまったくいいと思っている。なぜって男とちがい女は変態する。少女から女へ、妻から母へ。友情の質は揺らがなくてもその過程で距離感は変わっていく。

「あれえ、緑茶が切れてたかも。冷たい麦茶でいいかなー、衣吹」

「なんでもいいよ」

なのになぁ。戸惑うんだよなぁ。いきなりこちら側に戻って来ましたと宣言されても。

「ねえ、亮さんのなにが気に食わなかったの。なにも別れなくたって良かったんじゃ」

聞かずにはいられなかった。だって亮は背が高くて知的な眼鏡男子でスパダリで。いつもびしっと高そうなスーツを着こなしていて、廊下ですれちがうたび、感じの良い笑顔で爽やかに会釈してくる人だった。

亮の親は大手商社の重役だし、本人だって会社の出世コースにいるのは明らかだ。それにたしか花南には結婚したら専業でも兼業でも、自由に決めていいと言っていたはず。

昨今では妻は働いて家事もするのが当然という男性が多い。あれってジェンダーレスになったからと言えば聞こえは良いけど、昔で言うところの男の甲斐性がなくなったって理由もあるよな。なのにどちらでもいいとか。さすが有能な男は言うことがちがうなぁ。花南を幸せにする自信があるんだなと、衣吹はひそかに感心していたのだ。

良い伴侶を得て花南は幸せだよ。よかったよかった、うらやましい。なのに当人はグラスに麦茶をつぎながらため息をついた。

「亮はね、結局のところ自分を一番愛している人なのよ」

「なにそれ。どういう意味」

「たとえばあの人よく『僕は結婚後の人生プランを数通り考えてみたんだ』って言ってたんだけど……」

花南は言う。それは何歳くらいで子供を産んで車とマイホームを買い、中学受験させて私立へ通うならとか、公立だったらという、詳細な設計図だったたと。

「は。それのどこが自分一番なわけ？　恋愛と結婚はちがうでしょ。堅実で結構じゃない」

出された麦茶を遠慮なくがぶ飲みしながらたずねると、

「でもその人生プランって、あくまで亮のなんだよ。全部」

対面に座った花南はあっさり否定してきた。

「亮の人生にわたしの気持ちは反映されない。わたしは良き妻やら母になって彼と伴走する役で、その役は最初からはっきりわりふられてる。彼の中でそれは唯一無二の掟《おきて》だから、わたしが口を出す権利はないの」

あの人にはわからないんだと花南は言う。理解できない。妻になろうが母になろうが、わたしはわたしを手放したくないことを。わたしは個の人間であって、何歳になってもやりたいことを自由にやりたい。世の男たちが普通にそうであるように。

「……だからあんたは、自分の貯金を使いたいところに使ったってわけ？」

つい、とがめるような口調になってしまった。

「だって衣吹。わたしはもともと式なんて挙げなくてもいいって言ってたんだよ」

花南は抵抗するように口をとがらせる。そうしたら亮は烈火のごとく怒ったらしい。

「亮にとって結婚はケジメで、式を挙げて周囲に認めてもらって初めて成立するし、そこで誓ったことを生涯貫いていくのが当然ってスタンスなんだ」

その式が疫病のせいで何度もくり延べになった。人生設計を練りなおさなければならなくなったと本人はいたくご立腹だったらしい。衣吹は首に手をやった。

「あんたさあ。言いたかないけど、その式代をどうにかしちゃったわけ」

「うん」

うんって。そりゃ亮も怒るだろう。

「なんでそんなことしたのよ？　いいじゃん、そこいらのだらしない男どもより、亮さんのほうが全然まっとうで」

「うん。そうなんだけど、ただ……」

花南はうつむく。そうやって亮はなんでも仕切って決めて、自分のいいようにする。か弱い女性である花南は自分についてくるって信じていて、それを正当で完璧な愛の形だと思っている。

「――だからたとえわたしがなにか意見したり反発しても、亮は全力の正論で否定してくるの」

彼はその正しさが危ういものだとは理解しない。世の中に正論は無数に存在するとも思わない。なぜって優秀で強い個である自分の意志だけが、唯一正当でいっとう価値あるものだから。

「ぶっちゃけ夜もそんなだったんだ」

花南は上目遣いになって衣吹を見やった。

「優しくしてくれるし上手《うま》いんだけど、リードするのはいつもむこうなんだよね」

ごめんね、いきなりこんな話をして、と親友は無力感に満ちたため息をつく。

「いいよ別に。なんでも聞くって言ったでしょ。いいから全部ぶちまけなよ」

その様子に言い知れぬやるせなさを感じとり、気づけば身を乗り出してそう言っていた。すると衣吹の口調にはげまされたか、花南は気持ちを噛《か》みしめるように語り出した。

「最初はありがたかったの。わたしは男の人を知らなかったから。——だけど彼にすべてを委ねるのが愛なんだとわたしは思わない」

うるんだ瞳の奥で強い感情がはじけた。

「身体を重ねるのって難しいね。色々なものが赤裸々になるから。綺麗なものも押し隠しておきたいものも全部、見えてきちゃう」

衣吹はなにか言おうとして口をつぐんだ。流行病《はやりやまい》が猛威をふるう間、二人にいったいなにが起きていたのか。以前だったら衣吹だって、花南がこれほど切羽詰まる前に異変に気づけただろうに。

疫病が心底恨めしかった。あの厄災の真の恐ろしさは、こうやって親しい人と人の間に見えない壁を作って分断したところにある。

「ああわたし、自分はもっとうまくやれる人間だと思ってたんだけどなぁ」

そう言って花南はしゃくりあげながらぐすぐす泣き、おもむろにダイニングチェアから立ち上がった。ちどり足で寝室のドアをあけるや、ダブルベッドへ水泳の飛びこみみたいに倒れこむ。

「ごめん、衣吹ぃ」

寝台からくぐもった声が聞こえる。

「もっといろいろ話したかったんだけどー、今夜はとても無理みたい……」

絶対に明日、話すから。なんだかここのところ全然眠れなくて――。そのまま電源が切れた携帯みたいに無音になった。

「いいけど。あんたそのまま寝るつもり？　服、脱ぎなさいよっ」

慌てて立ち上がったけれど衣吹が部屋に入った時にはもう、花南はベッドにうつぶせになったまま酒臭い寝息をたてていた。しかたなく乱れた姿を押し隠すようにふとんをかけてやり、

「シャワーとあんたの寝間着、勝手に使うからね」

友の耳元で言いさして寝室を出た。それからあらためてリビングを見回す。

シンプルな木枠の壁かけ時計。本のつまった棚の上には空っぽの水槽。金魚のいなくなったそれは、アクセサリーの木片や砂利まできちんと洗って乾かされていて、まるで仏壇のようだった。

ヒラヒラと彗星《すいせい》のような尾をなびかせて泳ぐ魚の幻をしばしそこに思い描いてから、衣吹はふと片隅につまれたスクラップブックに目を止めた。

なんだろう。静まりかえった部屋で、その一角だけがひどく乱雑な音をたてているような。

「花南ー、ちょっと無断で拝見するよー」

自然と手が伸びてページを開いていた。

「なに、これ……」

とたんに乾いた声が出る。

二月二十四日、首都キエフなどの軍事施設に攻撃開始される。
二月二十四日、ロシア軍、チェルノブイリ原発を制圧。
二月二十六日、欧米各国がロシアの銀行にSWIFT制裁を行うと発表。
二月二十八日、ゼレンスキー大統領、EU加盟申請書へ署名。
三月四日、ロシア軍がザポリージャ原発を占拠。
三月七日、民間人避難のための人道回廊開設。
三月十日、ウクライナのEU加盟、EU首脳会議にかけられる。
三月十五日、ウクライナ難民が三百万人を超える。
三月十八日、リビウにミサイル攻撃。
三月二十三日、ゼレンスキー大統領が日本の国会で演説。

三月二十九日、トルコで五回目の停戦協議。

三月三十一日、日本政府「キエフ」をウクライナ語に沿った表記「キーウ」に改めると発表。

四月三日、ロシア軍がキーウ近郊から撤退。ブチャなどで集団殺害が判明。

四月八日、ドネツク州クラマトルスク駅にミサイル着弾、五十人死亡、九十八人負傷。

四月十四日、ロシア巡洋艦「モスクワ」沈没。

四月十五日、ロシア軍がキーウへミサイル攻撃。巡洋艦沈没の報復か。

四月十七日、アゾフスターリ製鉄所のウクライナ側はロシアの三度目の投降勧告を拒否、徹底抗戦のかまえ。

四月十八日、ロシア軍、ドンバス地方への攻撃開始。

四月三十日、ロシア軍に包囲されたアゾフスターリ製鉄所から民間人二十五人が脱出も、まだ約千人が残留。


じわじわと指先が冷たくなっていく。生々しい報道記事のスクラップ。ますます解せない。花南はなんでウクライナの記事ばかり集めているんだろう。それからふと気づいて愕然《がくぜん》とした。ところどころに残っているこれって――涙のあとだろうか。

「あっ。花南、あんたもしかして」

ふりかえって寝室の奥の暗闇を見つめる。あんたが貢いだ相手って、もしやこの国の男か――？

3

「うん、そう。彼の名前はユーリィ・メーリヌィク。小中学校の同級生よ」

翌日、昼前にようやく起きてきた花南はあっさりそう白状した。それから昨夜の無礼を平謝りに謝ると、猛然と動き出す。シャワーを浴びて朝食を作り、洗濯機をかけて散らかった室内を元通りにして――花南のそれは無駄のない完璧に洗練された動きで、もし男だったらやっぱり自分もこういう女を妻にしたいだろうなと衣吹は思う。

「ユーリィとはずっとクラスが一緒で、お互いの家を行き来するくらい仲良くしてたんだけど。中三の秋に突然、ウクライナへ帰国しちゃったんだ」

彼の父親はウィーンの有名な楽団でチェロ奏者をしていた。けれど契約満了になったので家族をつれ、祖国へ戻ったのだという。

「わたしも父の転勤が終わって、家族で日本に戻って来たし。どこでどうしているのかなんて、引っ越ししてからまったく知らなかったんだけど……」

朝食を片づけてようやく椅子に腰を落ちつけると、花南は独特の深い笑みを浮かべた。

「衣吹、覚えてる？　コロナが流行《はや》る前の夏に亮とつきあい始めた頃、わたしあの人に結婚を前提に同棲《どうせい》したいって言われて——」

「ああ、うん。週末だけでもって、この部屋で土下座されたやつね」

亮はとにかく外堀を埋めたがるタイプだ。理路整然と説得されるうち、どこかのんびりしている花南は、気がついたら彼の望む方向に押し切られていたのだった。

「だけどわたしは結婚前に男の人と寝起きを共にするの、本当はあまり気が進まなかった」

花南は白状した。だってこの家はわたしが勝ち得たパーソナルスペースで、わたしは他人が強引にわたしの領域に立ち入るのを好ましく思わない。たとえそれが恋人や家族でも。

「でも亮さんは、お互いを深くわかりあうためには、なるべく一緒にいるべきだって言い張ったんだよね」

「そう。それで色々と考えたくなって、わたしあの夏、ひとりでオーストリアに行ってきたの」

ウィーンは言うなればわたしの第二の故郷だからと花南は言う。

「じつはわたしね、お世話になった担任の先生だけには連絡とり続けていたんだ。だから今度そちらへ旅行しますって一応メールしたの」

「そしたらその先生が、二人をつないでくれたってわけ？」

「うん、そう。どうもユーリィにわたしがウィーンに来るよって教えてくれたみたい。彼は昔、なにがあっても我慢しちゃうような子供だったから、先生はユーリィをかなり気にかけてたし、わたしたちが仲良しだったのも知ってるから」

そうしたら前に住んでいた区画のカフェでくだんの幼馴染《おさなな じ》みと再会できたのだそうだ。

「じつは先生には、ホテルとおおまかな行程しか連絡してなかったんだけどね」

「えっ、それだけの情報でよくあんたの居場所がわかったねぇ」

「だよね。わたしもそれは思った。ユーリィったら『花南なら今なんとなくこのあたりにいそうだ』って勘が働いたんだって」

「へぇぇ」

「彼はウクライナで画家になっててね。お祖母《ばあ》さんもけっこう有名な画家だったそうよ」

衣吹は内心驚く。この話は今までまったく聞いていないぞ。——まさか厄災前の夏にそんな事件が起きていたとは。

「それでユーリィは絵の勉強のために、仕事で休みが取れるとバックパッカーして、あちこちの国の美術館を回ってたらしいんだけど……」

そういう若者は、ヨーロッパでは珍しくないらしい。地続きだし鉄道網も発達しているので、長期休みのたびに気軽に国をまたいで移動するのがあたりまえなんだそうだ。

「ウィーンはハプスブルグ帝国の首都だった街だから洗練されていて芸術的だし、前に住んでいて土地勘もあるでしょ。だからユーリィは祖国から出てくるたびに立ち寄っていたらしいんだよね」

　そこに折良く先生から花南来訪の一報がきたというわけだ。

「じゃ、たまたま二人の予定がかぶっていて逢《あ》えたんだ」

「うん、どうもそうみたい」

「それにしても運が良かったね」

「うん。巡り合わせってやっぱりあるのかもしれないって思った」

　そうして再会に歓喜した二人はすっかり意気投合し、数日間一緒にすごして昔懐かしく思い出巡りなぞをしたらしい。

「なんていうのかな。幼馴染みってやっぱり特別っていうか。隣にいると昔に戻って、しっくり落ちつくっていうかで……」

　背はそんなに大きくないんだけどね、と花南はぱっと花が咲いたように笑う。

「顔はイケメンなの。とにかく昔から瞳が吸いこまれそうに綺麗な青で、声はあのウクライナの大統領に似てる渋い感じで」

「えーなんか想像つかない」

「ユーリィの写真あるよ。見る？」

「見たい見たい」

衣吹が身を乗り出すと、花南は嬉《うれ》しげに書棚の引き出しから数枚の写真を出してきた。

「えっと。これが昔の写真で」それからスマホを操作すると、「で、これが再会した時に撮ったやつ。小さい頃の面影あるでしょう」

画像を見て衣吹は内心息を飲んだ。面影っていうか。なんだこのクラシックバレエの王子顔は。

写真の子供時代、艶々した茶色のくせ毛と相まってまるで女の子だったその少年は、スマホの中ではすっかり筋肉質の男に成長していた。なのに顔だけは変わらず甘々な王子だ。それが花南の肩を抱いて仲良く笑いながら画像に収まっている。しかもこの親密さは。——すぐに直感する。

「この人もしかしてあんたの初恋の相手？」

はたして花南は照れくさそうにうなずいた。

「うん、初恋っていうか、その……、あの」

「なによ」

「つまり。ええっと、ファーストキスの相手」

衣吹が目をむくと、花南は居心地悪そうに身体をもじもじさせる。

「も、もちろんキスより先はしてないけどっ」

ちょっと。あんたアラサーだよね。しかも婚約者がいたとはとても思えないリアクションなんですが。花南の恥じ入りように衣吹は心の中でのけぞった。

「へーえ。この顔じゃ、さぞ小さい頃からモテたんじゃないの」

ちろりと視線をやると、

「ううん、そんなことないよ」

「は。嘘でしょ」

「だってユーリィ、昔はとにかく小柄で女の子みたいだったんだもん」思い出したように花南は苦笑する。「性格だっておとなしいし、口数すくなくて、熱帯魚に餌をやったり花の世話をするのが好きでね」

「へえ」

「オーストリアに多いゲルマン系って基本、男子も女子も背高でがっしりしてるから。ユーリィは全然、目立つタイプじゃなかったんだ」

だから余計に友達になったのかもしれない、と花南はつぶやいた。細くてひよわで奥手の異国者同士だったから、わかりあえる部分も多かったのだと。

「わたし小学生のころ、ユーリィが下校時に腕力ありそうな上級生から追いかけられているのを見たの」

「なに。いじめられてたわけ？」

「そう。彼のお父さんはわりと裕福な演奏家だったから、たぶんゆすられてたんだと思う」

日本のいじめも陰湿だけど、むこうは暴力的でとにかく危ないんだと花南はため息をついた。

「で、わたしは思わずユーリィの手を取って走って、知り合いの家に逃げこんで。それが馴れそめかな」

なんとも不穏な恋の始まりだ。

「それ以来、わたしはずっとユーリィを女の子の友達みたいに思ってたんだけど、彼はどうもそうじゃなかったらしくて」

ユーリィは小学生のころから絵が上手くてと花南は破顔する。

「飼育しているグッピーたちの尾ひれを色鮮やかに描いて、学校から市の美術展に選出されたこともあったんだよ」

——花南。魚はいいよ。魚を飼いなよ。

彼はよくそう言っていたと花南は明かした。

——この世界にはさまざまな命があるよね。僕はたとえ小さくて声を発しない生き物でも、犬や猫と同じように等しく愛情を持って接したい。神は細部に宿るって言うし。高学年になるにつれ、一緒に美術館やコンサートに行ったり、市場でお菓子を食べ歩いたり。近所の緑豊かな公園にもしょっちゅう散歩に行った。

「歩きながら二人で語らって、ベンチに座って行き交う人達を観察して、また季節を感じつつ一緒に歩いて。今ふりかえってみると、かけがえのない濃密な時間だったなぁって思う」

そんなユーリィが馴染みの遊歩道へ花南を誘ったのは、ちらちら粉雪の舞う中二のクリスマスだった。

「衣吹知ってる？　ヨーロッパでは、宿り木の下でキスをすると永遠に愛が続くっていう伝説があるの」

「あ。なんかそれ聞いたことあるかも」

わたしも知識としては知ってたんだけど、と花南は苦笑した。

「ユーリィに大木の下につれていかれて『ほら、あれが宿り木《ミステル》だよ』ってしきりに上を指さされた時、全っ然彼の意図がわかってなくて」

「ふむ」

「宿り木って言っても、木の形はしてないんだよね。寄生した樹木の枝に絡んで丸いボール状になってるから」

宿り木は冬場、落葉樹の葉が全部落ちた状態になるとよく目立つようになる。へえそうなんだー、わたしあの塊って、てっきり鳥の巣だと思ってたーとかなんとか言って呑《のん》気《き》に頭上を見上げていたら、業を煮やした相手から少し目をつぶってと催促された。

「それでてっきり、ゴミでも取ってくれるのかなってまぶたを閉じたとたん……」

ユーリィの唇が降ってきたらしい。衣吹は噴き出した。

「ゴミってなに。ふつうなんとなくわかるでしょうが、雰囲気や仕草で」

すると花南はわずかに口角をあげて微笑《ほほえ》んだ。

「うん……今なら全部わかるよ、ユーリィの気持ち。でもあの時はせっかくユーリィが永遠の愛を誓ってキスしてくれたのに、わたしったら彼を突き飛ばしちゃったんだ」

「そっか。ブラボー。あんたは昔から男性のそれとない意思表示に無頓着な子だったんだ」

そして今でもそこは全然進歩していない。

「せっかくのロマンチックなシチュエーションが台無しだね。少年も可哀想《かわいそう》に」

「だ、だってあの時点ではわたし、ユーリィをまだ完全に友達だって思ってたんだもん」

意を決して口づけたのに、ものすごい困惑顔をした花南を見、ユーリィ少年はいよいよ追いつめられた。

――カナ、僕は君が好きだ。大好きだ。

この鈍感な東洋娘には正攻法で行くしかないと、どうやら彼は腹をくくったらしかった。

――僕は出会った瞬間から君に恋してた。そしてずっと友人としてじゃなく、恋人として君とハグしたりキスしたかったんだよ。

「おおう、さすがむこうの少年。はっきりぐいぐい来るなぁ。んで？」

「わたしは……、まったく動けなかった」

仏頂面で花南は白状した。ユーリィは緊張しながらも微笑んでいたけれど、わたしはただ彼の青い瞳を見つめたまま、なにを言ったらいいのか心の中で必死に考えていた。

「たぶんあの時わたし、怖かったんだよね」

「怖い？　なんで」

「だって。あんなふうにまっすぐ見つめられて告白されて。恥ずかしくて夢みたいで」

遠い記憶が脳内で再現されたのか、耳たぶがみるみる真っ赤に染まっていく。

「でもそれまでユーリィといるのがすごく楽しかったから。ここでなにかまちがえたら、彼を失うかもって……」

そうしたらユーリィは、花南の心を見透かしたまなざしで頬を撫ぜたのだという。

――ねえカナ、そんなに心配しないで。僕は君を困らせるために告白したんじゃないよ。今はなにも話さなくていいから。ただもう一度だけ、さっきより深くキスしてもいい？　君に僕の気持ちを伝えたいんだ。

「うっわ、なにそれ」衣吹は思わず声を上げた。「キスで気持ちを伝えるとか」

「なによ」

「言うんだ、そういうこと。マジで」

「なんでよ。おかしい？」

「だって聞いてるほうが恥ずかしー。けど一度でいいから言われてみたーい、日本男児はまず言わないっ」

するとか花南はいたって真面目顔になって首をかしげた。

「なんていうかな。『真綿で包むような』って言葉があるでしょ」

「うん」

「本当にその時の彼のハグとキスで、わたしはすごく安心したんだよ。ああ、わたしとても大切に想《おも》われてるんだ、ユーリィとならこの先へ進んでもいい。わたしも彼をもっと好きになりたいってよくわかったから」

あれは嬉しかったなぁ、などとひとりごちている。几帳面《きちょうめん》というか素直なのか。この子はどうもこういう感覚が海外帰りだよなと衣吹はあきれた。

「それで、ほかには？」

「ほかって」

「まだあるんでしょ、甘い恋バナが。隠していないで話しなさいよ」

「えー、言わなきゃダメなの」

「ダメ」

先をうながすように軽くうなずく。他人の恋愛話ってけっこうときめくし、我が身の参考にもなるから聞いておいて損はない。

「うーん、そうだなぁ」

「勿体《もったい》ぶらない」

「ええと、あ。彼ってリンゴケーキ《アプフェルシュトゥルーデル》が好物でね。むこうのは一切れが大きくて一食分になるくらいなんだけど、それをユーリィはいつもあっという間に食べちゃうの。でも、かならずわたしにも一口くれるんだ」

「わぁ優しい。って待って、それ食べさせてくれたりする話？　やだ甘っ」

大げさに騒ぎたてると花南は照れくさそうに笑った。

「あと待降節《アドヴェント》にクリスマス市がたつと、お揃《そろ》いのオーナメントを買いに行ったりね……えっと、こういう感じのやつ」

花南がスマホで検索した画面を見せてもらうと、そこには手作りの木の人形やガラス製品や金銀の飾りが煌《きら》めくイルミネーションの中で輝いていた。

「うわぁ綺麗。なんだかおとぎの国みたい」

「でしょう。むこうの十二月って日照時間も短いし、暗くて寒くて憂鬱になるんだけど、市場につくと賑《にぎ》やかで明るいから、心も身体も軽くなるんだよ」

ドイツトウヒの生木と蜂蜜と香辛料と。あの甘くて落ちついた市場の香り、懐かしいなぁと花南は目を細めた。二人で立ち並ぶ出店小屋《ヒユッテ》をのぞきながら、ユーリィはよく降誕祭について解説してくれたそうだ。

――カナ。イエスは『受けるより、与えるほうが幸いである』って言ったの、君は知ってるかな。だからね、クリスマスも愛を分かち合い、与えるためにあるんだよ。

他にも古代ゲルマンには常緑樹を永遠の生命の象徴とする信仰があって、冬至の頃に木を囲んで太陽の再生を祈る祭があった話や、そこへキリスト教が伝播《でんぱ》して今の形になったこと。ツリーの飾りにも意味があって、赤い球はエデンの園の禁断の実、ろうそくの火は夜空の星、天使は受胎告知したガブリエルを表していて。松ぼっくりは豊穣《ほうじょう》、ベルは祝福の象徴で。云々《うんぬん》――。

「ふぅん。飾りの由来にまで詳しいなんて、さすが本場の子って感じ」

「きっと大人たちや教会なんかで習うんだろうね。賛美歌もよく口ずさんでたよ」

「そうだ、前に太一に聞いたんだけど。ヨーロッパのクリスマスはお祭り騒ぎってより、静かに祈ったり家族と団欒《だんらん》する時なんだって？」

「うん。キリスト教の愛って奥深いのよね。ユーリィも信心深かったから、クリスマスのころはいつにもまして優しかったな」

なにを思い出したのか、花南は気恥ずかしげにふふっと笑った。

「なにその笑いは」

「いや、その。恋をすると人って欲深になって、相手が応えてくれる以上にもっともっと愛してほしくなるものでしょう。だけど本物の愛情って欲しがるんじゃなく、惜しみなく与えるものだったんだって、わたしユーリィから教わった気がするの」

あと年が明けてもっと雪がつもったら、公園の傾斜地やスキー場にソリすべりしに行ったりもしたよと花南は言う。

「なにそのデート。楽しそう」

「ウィーンの近くには専用ゲレンデがあるんだ。ソリも短いスキー板をつけたのとか種類があって」

スマホ画面には日本で見かけないタイプのソリが次々と映し出された。

「まあわたしが好きなのは、伝統的な木製だったんだけど……」

花南はほうと息をついた。

「ユーリィと二人で乗ると重量あるから、かなりスピードが出て。彼がうまく制御してくれるんだけど、速いし、ぎゅってくっついて乗るからすっごくドキドキした。それになんていうか、あれは慈しまれてる感が半端なくて」

「いいなソリ。わたしもやってみたい」

相づちを打ちながらひそかに心を打たれた。花南の思い出はどれもこれも少年の人柄を表すかのように、清々《すがすが》しく暖かいものばかりだ。

——カナ。ありがとうカナ。僕と一緒にいてくれて嬉しいよ。手をつないでもいいかな。もっと君に触れてもいいかな。

「……大好きだった、ユーリィのこと」

花南はふいにほとばしるように口走った。

「彼の透きとおるような碧眼《へきがん》も、優しくわたしを呼ぶ声も。ユーリィの隣にいると、世界はいつだって輝いてた。あんなに純粋な気持ちで誰かに恋することなんて、もう一生ないかもしれない」

「なるほどねぇ。それであんたも金魚を飼ったのか。ユーリィってば憎いねぇ」

「ちょっ、茶化さないで」

「いいな、甘酸っぱい初恋。ごちそうさまでーす。お、なにこの写真」

思ったよりも純度の高い恋話に背中がこそばゆくなり、衣吹は目に入った一枚を手に取った。

「美少年が雨に濡《ぬ》れそぼっちゃって。いくつの時？　しっかしこの子、本当に俳優みたい。綺麗な顔ー」

「ああそれ……」

　すると花南はふっと瞳を遠くした。

「中三の時だよ。雨の夜だった。ユーリィがいきなり訪ねてきて『話がある』って」

　そのただならぬ様子に異変を感じて外に出たら突然、別れを告げられたのだという。

親がウクライナに帰郷することになったから――と。

「でもわたし、泣かなかったんだ」

「へえ」

「正確に言えば泣けなかったの。涙が出なかったっていうか」

　なにも反応できなかったと花南は言った。いやだ、ユーリィとこれっきりになるなんて耐えられない。心臓を砕かれるような鋭い痛みが身体中に広がって、ただその衝撃をこらえて震えるだけで精一杯で。

「それでもユーリィには心配かけられない、受け入れるしかないんだ、とも思った。だから言ったんだ、精一杯の笑顔で。『気にしなくていいよ。うちも転勤族だから、いつかこういう日がくるかもって薄々思ってた』って」

「精一杯の強がりだったんだ」

「うん。それからその写真を撮らせてもらったんだよね」

そうしたらユーリィはたまらなくなったように花南を抱きしめ、何度も何度もキスをしてきた。それから胸に手を当て、涙ぐみながらおごそかに誓いを立てたのだそうだ。

──僕はカナを愛してる。本当に。たとえ遠く離れてしまっても、君の幸せを祈り続けるよ。どうか信じて待ってて。大人になったらかならず、僕は君に逢いにこの街へ戻ってくるから。

「ほほう。じゃあユーリィ少年は偶然にも、大人になって誓いを有言実行したわけか」

衣吹がひやかすと、花南は苦笑した。

「うん。でもじつはカフェで声をかけられた時、わたし最初は誰だかわからなかったの。花南の中でずっとスミレの花みたいに可憐《かれん》だった少年は、いつのまにか顔だけ王子の、だって彼なんていうか、すごく男の人になってたし……」

小柄でも完璧な逆三角形体型になっていた。それが低く響く声色で自分を呼ぶから、てっきり日本人を狙った犯罪者かと思って震え上がったらしい。

「東欧の男性って、どうも身体を鍛えるのが趣味の人が多いみたいよ」

それで王子もストイックに筋トレをくりかえした結果、亮より一回りは小さくとも、いわゆる細マッチョに変貌したようだ。

──失礼ですが、日本から来たお嬢さん。君はひょっとしてそのチョコレートケーキ《ザッハトルテ》とウィーン風コーヒー《アインシュペンナー》だけで昼食を済ませるおつもりですか。よろしければ僕がちゃんとした食事をご馳走《ちそう》しますので、いいですか、相席しても。

固まっている花南に愛嬌《あいきょう》たっぷりの笑みを浮かべながら、どこか見覚えのある細マッチョはそう言って胸に右手を添えると会釈した。

「そのしぐさに、別れた時の既視感があって。なんだか今にして思うと、あの再会の瞬間から恰好よかったかも、ユーリィって」

花南がしみじみと言ったので衣吹は噴き出した。

「なにそれ。あんたって本当にのんびりしてるよ」

「わたしね、今でもときどき考えるんだ。あれって本当に偶然だったのかなぁって」

「えっ」

「あくまで、もしもの話なんだけど」

花南は注意深く前置きしてから衣吹を見やる。

「本当は偶然なんかじゃなくて、ユーリィが別れた時の約束を果たしに、わざわざウィーンまで来たんだとしたら。あの日、街のどこにいるかもわからないわたしを探し続けてくれてたんだとしたら……そんなつごうのいいドラマみたいな話って、現実に起きると思う？」

「なに。絵の勉強ってのは建前でってこと？」

たずねると花南はこくりとうなずいた。瞳の奥に期待と不安をにじませながら。

「うーん。すごくロマンチックだけど、実際はどうだろうね」

こういう時に気休めを言えない自分に、衣吹は内心で舌打ちする。

「だよね。やっぱりふつうは信じられないよね。でもじゃあ、あの時ユーリィはなんであんなふうにわたしを見たんだろう」

花南はあからさまにしょんぼりしつつも、すぐに立ちなおった。

「ただ、どんなにたくましくなってても、ユーリィは根本的には全然変わってなかったの。宿り木の下で最初にキスしてくれた時や、雨の夜に誓いを立ててくれた時みたいに」

夢見る少女の瞳でコーヒーマグを両手で包む。

「ユーリィ、言ってた。『僕には残念ながら大それた画家になれるような才能はない。自分の分はよくわかってる。だけどむしろそれでいいと思ってるんだ』って」

――だって僕が描きたいのは、ありふれたささやかな日常なんだから。

なにげない風景にこそ人の心は洗われるし、野に咲く花々の中にこそ究極の美が存在する。僕の祖母はそれが持論だったし、僕もそういう絵描きになりたい――。

「優しい性格も、細やかな目配りができるところも、前のままで……」

今日まで誰にも言わずに封印していたのであろう花南の思い出話は、いったん話し出したらキラキラ輝いてあふれ出し、もう止めようがない感じだった。

「……たぶんユーリィって東欧気質っていうか、どこか昔気質《むかしかたぎ》なところがあるんだと思う」

彼は生真面目なまでに礼儀正しくて、わたしを淑女として扱ってくれる男性だった。まるで映画タイタニックの時代にタイムスリップしたように――。

「淑女ねえ。また聞き慣れない言葉が出てきたなぁ」

衣吹がうなると、

「たとえば前回ウィーンにいた数日間、彼はかならず二人の別れの刻限を九時って決めてて」

今時珍しいでしょ、と花南は微笑む。ユーリィは結婚前の女性をそれ以上遅くまで引きとめるのは僕の主義じゃない、僕はだらしない男だと思われたくないと、頑として引かなかったらしい。

「夕飯時にも『本当は僕は、男が女性に酒を勧めるのだってどうかと思ってる』とか言って。君が飲みたいのは、君の自由だから別にいいけどって」

「へぇえ。すごい。爪の垢《あか》煎じて飲ませてやりたい、おもに太一に」

「ふふ、太一君は衣吹と飲みたいだけなんじゃないかな。ただこっちだって背筋を正さなきゃって思うのよ、男性からそんなふうにされたら。そこがすごく不思議」

なんだか感慨深げに花南は言った。

「とにかくユーリィは『女性は大切に扱うものだ』って教育されて大人になった人だから」

　彼は道でもつねに歩調を合わせた。まっすぐ目を見て話を聞き、時には質問したりしながら花南を理解しようと努めた。離れていた時間を埋めようとするその真摯で誠実な態度に、花南はすっかり感服したという。

「人間としてこの人は素敵だな、とっても信頼できるって思えたの」

「うーん。正攻法万歳ってかんじだな」

「そう。ユーリィと話していると男女の駆け引きとか探り合いとか、くだらないなぁ、小さいなって思わされる」

　そうしてホテルまで送ってくれるたび、彼は鮮やかに自らの身を盾に扉を開いて囁《ささや》いた。

　——おやすみ、カナ。良い夢を。

「うっ。それも、もちろん真顔で言うんでしょ」

「そうだよ」

「ああ、あんたの王子様って顔だけじゃなくて、本当に内面まで王子なんだね」

「そうかもしれない」

　花南は長いため息をついた。

「ユーリィにサラッとそう言われた時にね。わたしも、しまった、やられたなって思ったんだ」

「やられた？」

「だって彼の目が。月光を浴びてキラキラしてて、本当に宝石みたいで……」

花南は少女のように両手で頬を押さえると、

「ああ平凡で取るに足らないわたしの人生にも、こんな奇跡って起こるんだなぁって。そういえばユーリィっていつもこういう感動をくれる人だったよなぁって」

ユーリィはわたしに言葉以上のものをくれてたの。彼から認められて大事にされたから、わたしも自分は価値ある人間なんだって信じられるようになったんだと思う、と花南はつぶやいた。

けれど夢のような邂逅《かいこう》の時はあっという間に過ぎ去ってしまった。

――カナ。君はきっとこれから先も、ウクライナへは旅してこないだろうね。

別れの日の朝、ユーリィは空港まで見送りにやってくると花南を抱きしめてキスをした。それは深い親愛の情がこもった口づけで、静かで揺るぎなかった。彼はそれから哀《かな》しい目をして言ったのだという。

――約束するよ、そのうち僕は君に祖国の風景画を描いて送る。見せたいんだ、僕の故郷を。だからどうか連絡先を教えて。

「それで……あの、これを告白するの、すごく恥ずかしいんだけど」

声がへなへなと小さくなっていくので、衣吹は眉を上げた。

「なによ」

「わたし、じつは帰りの飛行機で、ほぼ泣きっぱなしだったんだ」

「あー、あんたはまったく泣き虫なんだから。CAさんたちも困っただろうに」

「だってどう考えてもユーリィの最後のキス、あれは恋人にするキスとしか思えなかったんだもん」

拳を口にあてると花南は急に早口になった。

「機内でわたし、必死に自分に言い聞かせてた。『そんなわけないでしょ、別れてから何年経《た》ったと思ってるの。二人とももう大人だし、今のわたしには亮だっている。ひどい自意識過剰だ、ひとりよがりだよ』って」

でも何度そうやって否定しても、あのうるんで熱を帯びた視線や背を囲いこんで離さなかった腕が、なにより想いのこもった口づけが――心を震わせてしかたがなくて。

「ああ、なんで最後に勇気を振り絞って確かめなかったんだろうって思ったら、もう涙が止まらなかった。だってたった一言、聞けばよかっただけなのに。『ユーリィあなた、わたしをまだ好きなの?』って」

衣吹は喉を鳴らした。とっさにかける言葉を思いつかない。花南の後悔と逡巡《しゅんじゅん》がひたひたと胸に迫ってくる。

「結局わたしは逃げたのよ。狡《ずる》くて賢い大人の女のフリをした。きっと質問したらユーリィは本心をうちあけてくれたと思う。だけどもし、そうだよって言われたとしても、わたしは？　日本にあるすべてを捨てて、彼の手をとれたの？」

なるほど、この子はきっと今まで何度となくこの問いを自分に投げかけ続けてきたんだろう。ただ、どんなにやり直したくても時は戻らない。せつなの躊躇《ちゅうちょ》を悔いるなら、心を強く保つしかないんだ。次は同じ轍《てつ》を踏まないように。衣吹はあえて淡々と語りかけた。

「まあ王子もそういう花南の状況がわかってたから、あえてなにも言わなかったんじゃない」

「うん。そうだと思う。わたしは意気地なしで怖がりで、どうしてもあと一歩をふみ出せなかった。その後もたまに彼とはチームズで通話してたんだけど……絵は結局、一度も送られてこなかったな。言ったことをたがえるような人じゃないのに、なんでだろうね」

花南はまた深みのある笑みを唇に乗せた。

「ただわたしにとってユーリィは、やっぱり別格な存在だったんだと思う。亮と暮らし始めてからも、そこは揺るがなかった……」

——カナ、仕事はどう。元気にしてる。そちらの疫病は落ちついているかい。

昨年の秋も、いつもみたいにささやかな近況を報告しあった。こちらの小学校はまだオンライン授業だよとか、夏と冬のオリンピックが続くなんて驚きだよねとか。そうやってしばらく歓談したあと、彼はおもむろにPC画面の向こうで手を上げて話を止めたのだった。

——ちょっといいかな、カナ。今日は一つ、どうしても話しておきたいことがあって。

——えっ、なぁに。

——聞いてくれる。僕の信念の話なんだ。

——ユーリィ、いきなりどうしたの。

とまどう花南に、青年はふんわり笑いかけたという。

——ここのところ、僕はつねづね思ってたんだ。科学技術や経済を発展させてきたように、人の心もまた進化するものだって。

——人の心が進化するの？

——うん。たとえば昔の人たちみたいな植民地政策とか世界大戦、ああいう大きな分断の歴史をもう、僕たちはくり返さないだろう。

——そうかな。そうかもね。

——だって、よりよい方向へ向かうために、みんなでなにをすべきか考えられる。そういう教育や文化を、僕たち世代は国の枠を越えて共有してる。こうやって遠く離れた僕たちがつながれたようにね。

――うん。

――だからきっと細かい軋轢《あつれき》を乗りこえながらも、これからの未来は総じてだんだん明るいほうへ進んで行くんだよ。

「……あの時ユーリィはなにか覚悟を決めたみたいに微笑んでいるだけで、わたしは彼が本当はなにを言いたいのか、全然わからなかった。まさかその数カ月後に、あんな戦争が起きるなんて……っ」

ただならぬ声色に衣吹が目をやると、花南の指先はこまかく震えていた。

「彼はただ優しい、優しい人だよ。草花が好きで、音楽と芸術を愛してて。手先が器用で」

ユーリィは現在、キーウ近郊の街に住んでいる。そしてもはや国外へは出られない。なぜって大統領が働き盛りのウクライナ成人男性の国外脱出を止めているからだ。

「でもどのみち、ユーリィは家をそんなに長く空けられないの。お母さんが難病で、だんだん動けなくなってきてたから」

「えっなに。彼、介護してるの？」

じゃあ結婚してないのと衣吹が聞くと、

「そんなの無理だよ。お母さんの世話と絵を描くので毎日手一杯だって言ってたもん」

疫病が流行り始めたころから、彼に人並みの余裕はなかったはずだと花南は首をふった。

「だいたいユーリィは絵描きで、とても銃で他人を撃てるような人じゃない。なのに、なんで……」

つかのま重たい沈黙が落ちる。

そうか、だからこの子は眠れなくなったのかと衣吹は思う。大方の日本人とちがって、花南とウクライナは近しい。八千キロ先で戦争が起きたことは、当人にとって隣県で災害が起きたのにも等しい一大事だったんだ。

「この冬からわたしはずっと、冷めない悪夢を見ている気分で。会社にいても家にいても、どうしたってユーリィのことが頭を離れなかった」

花南は机にぽつぽつ涙をこぼし始めた。ひそかに溜《た》めこんできたその想いの苦さを思うと、衣吹は胸がつまりそうになる。

「王子は今まだキーウにいるんだね？」

「わからない。どこでなにをしてるか」

「嘘でしょ」

「三月まではメールがきてたの。でも四月に入ったら連絡がまったく取れなくなっちゃって……」

そうこうするうちキーウ近郊で住民の虐殺があきらかになった。それで花南はいてもたってもいられなくなり、彼が所属する美術協会のチャリティオークションサイトへ金を送ったのだ。

「わたしが最初にそういうチャリティの存在を知ったのは、ウクライナのオリンピック選手が自分のメダルを出品したって報道された時だったんだ」

すん、と洟《はな》をすすって花南は白状した。

「その選手は『自分はこれから国のために戦争にいく。だからもうメダルは必要ないし、このオークションで得られるお金が誰か困っている人の助けになれば』って言ってたの」

それで調べてみるとそのようなチャリティサイトはすでに複数立ち上げられており、ほどなくして花南はユーリィの顔写真と作品例の画像が貼られた美術協会のサイトを見つけたのだった。

「そこでは登録されている画家のうち、気に入った画風の人を選んで寄付するしくみだったの。それぞれの画家には受付上限数があって、寄付額に応じて枠内に入ればその画家の描いた絵が送られてくるシステムで。ただ急ごしらえのチャリティだったから、但し書きがあって……」

曰《いわ》く、絵の落札者は入金手続きが済めば絵を手に入れる権利を認められる。ただし納品時期を指定したり欲しい絵を選んだりはできない、と。

「でも、しかたないよね。だって一人の画家に人気が集中すれば手持ちの絵もなくなるし、そうなったら次の絵を描くまで時間がかかるもの」

「花南が『どんな絵が届くかわからない』って言ってたのって、そういうことか」

「うん」

それでも花南は迷わずユーリィを指名したし、サイトの備考欄に自分が彼の知り合いで、近況を心配している旨も書き添えた。

「たぶん全額がユーリィに届くわけじゃないだろうけど、せめて彼の安否だけでも確認できればって思ったんだ。でも」

協会から入金受領連絡はあったものの、絵は届かずじまいだった。その後は同居する婚約者に散々問いつめられる日々だったという。

「亮にはいっぱい怒鳴られちゃった」

花南は目尻に涙を溜めながら笑おうとして失敗した。

――花南。おまえ、なんてことを。やっぱり原因はあいつか。たまに連絡を取ってたあの外国人。

「こんなことなら、一緒に住んだりしなきゃ良かった。だって四六時中顔をつきあわせてたら、どこにも隠れる所なんてないんだもの」

――俺はうすうす気づいてた。ひとりでウィーンに行ったりして、あの時あいつと寝たんだろう。そんなにあの白人が良かったのか。

「わたしは軽々しくそんなことしない、亮とだけだよって何度も言ってるのに、全然信じてもらえなくて。毎日、怖くて悲しくて」

――おまえは馬鹿だ。今さらなんなんだよ。俺たちこの夏、結婚するんだぞ。いいか、おまえはあの男に騙《だま》されてるんだ。目を覚ませ。

「わたしは、騙されてなんかいないのに……っ」

衣吹は息を飲んだ。かつての婚約者が投げつけた罵詈雑言《ばりぞうごん》の数々は、いまだにこうして花南の心をえぐり続けている。

「一緒にいても、亮はどんどん遠い人になっていった。ユーリィはあんなに遠くにいても、心がつながっている感じがしたのに」

――なあ謝れよ。俺に謝れ。それから迷惑をかけた人たちにもだ。同情も大概にしろよ。限度ってものがあるだろ。俺たちの生活と接点の薄い外国人、どっちが大事だよ。

「亮を深く傷つけてしまったことは、本当に申しわけなかったって思ってる」

打ちのめされた暗い目をして花南は言った。

「だけどわたし、謝らなかった。だってわたしにとってユーリィは、遠い世界の知らない人なんかじゃないんだもの」

どうやら婚約解消前の愁嘆場はそうとう悲惨だったようだ。衣吹は思う。人が別れる時はだいたいにおいて、つきあう時の数倍のエネルギーを消費するものだけれど。

それでも花南はわかってほしかったんだ。一番近しい婚約者の亮にこそ、崩れそうになる心を支えてほしかった。どうしても送金しなければならなかった気持ちを受け入れてもらいたかった。

でも亮はそれを拒否した。

亮の正義は未来の伴侶の勝手を許さない。なぜなら花南はもはや自分の女という所有物だから。それで婚約者を矯正しようとした。押さえつけて無理矢理、心をねじ曲げようとしたんだ。

「……別れるしかなかったんだよね」

花南は苦しそうに口をゆがめる。

「わたしはユーリィのまなざしを忘れられない。正直言って今の自分の生活より、ユーリィの命のほうが大事だもん」

「花南……」

「わたしは亮に何度ぶたれたってしかたがない。この先ユーリィと一生逢えなくたってかまわない。ただ彼には元気に生きのびていてほしい。そう願うのを、どうしてもまちがってるとは思えない」

ねえ衣吹。もしユーリィが従軍していたらどうしよう。最前線に送られていたら。彼は責任感の強い人だもの、自ら志願しているかもしれない。そう言って花南は声を詰まらせた。

「神様、仏様。お願いです。誰でもいいから、どうかユーリィを守って下さいっ――」

力をこめて組みあわされ、白くなった指を見て衣吹はすべてが腑《ふ》に落ちた気がした。

いいや花南、あんたは馬鹿じゃない。むしろ賢い。スペックだけで男を値踏みするそこいらの女子よりずっと。だからつきあい始めた当初から、亮の本性に懐疑的だったんでしょう。

専業主婦だろうがバリキャリだろうが、結局のところ精神的には夫たる男性に従属して生きる女。これから先の長い人生、そんな生き方で本当にいいのか、そういうのはわたしだって時折考えてるよ。

ただ幸運にもあんたは過去にちがう愛され方をした。そういう貴重な経験があった。だから第二の故郷までアイデンティティを探しに出かけて――そして再会してしまったんだね。より魂が近しい運命の相手と。

「わたしね、ユーリィに未練がましく連絡するの、もうやめようかと思ってたんだ」

真っ赤な目をして花南はしゃくりあげた。衣吹は黙ってティッシュの箱をさし出す。

夢の邂逅を果たしても、花南は日本という現実に戻ってきた。

問題は飛行機と鉄道を半日以上乗り継がなければ逢えない二人のへだたりで。初恋を成就させるにはすべてが遠すぎて。しかも花南は一度、隣にいるはずの人がある日突然消えてしまう痛みを知ってしまった。あの耐えがたい喪失を二度はくり返したくない。

だから古拙な微笑みで本当の気持ちを押し隠し、利害を推しはかって妥協し、亮の執《しつ》拗《よう》な要求も承諾したのに。

それをあの戦争が、根底からくつがえした。

――自分の生活より、ユーリィの命のほうが大事。

花南の本音に胸を突かれた気がした。相手が生きるか死ぬかという段になって、この子はようやく自分の本心を認めることができたんだ。

泣き続ける友を見守りながら衣吹はつらつら考える。じつのところわたしは前から知っていたよ、あんたが結婚式場の格式やらブランド物の衣服をどれだけ持っているかよ り、人の心のありようをよほど気にするたちだってのは。

その純粋さは業が深いよね。だってあんたはただ物質的に豊かになれても満足できない。精神まで深く同調できる相手を欲し、愛する女だから。

他のなににも代えのきかない、いつまでも色あせずにきらめく恋。どれほど忘れようとしても手放せずに、心の奥底でひっそりと大切に抱きしめられていた想い。

もしかしたら亮はすべてわかっていたのかもしれない、と衣吹はうっすら思う。花南が自由と孤独を愛する自立した女なのも。初めて好きになった相手をいまだに想い続けているほど一途《いちず》な性格なのも。

花南とはそういう不器用で潔い女だ。だからこそ亮は用意周到に逃げ場をふさぎ、恋人の身も心も手に入れようとした。それくらいにはあの男は地頭がいい。花南を好きという気持ちにしたって本物だろう。――ただ人生なんて試練の連続だ。完璧にプランニングしたからって、思いどおりには進まないんだ。

「ユーリィ、無事なのかな。わたしが悪かったの。全部まちがえたの。衣吹、わたし、これからどうしよう」

「花南はちょっと、思いつめすぎなんだよ」

面倒臭いけれどもしかたがない。ここは真の友情力ってのを発現させる時だ。衣吹は傲然と腕組みして言ってやる。

「わけもわからず不安ばっかり暴走させるな。まず自分がちゃんと立っていられなけりゃ、誰かを支えることなんてできっこないでしょ」

「あ……」

花南は目を見開いた。

「あんたの王子様が、たとえなにか言ってきたとしてもだよ？　今の折れそうなあんたじゃ対応つかないよ」

「衣吹……」

「まずは寝る。それからきちんと食べる。辛《つら》くなったら溜めずに吐き出す、これ基本」

「うん」

「とりあえず落ちつけ。冷静になれ。果報は寝て待てっていうじゃんか」

「うん。……うん」

「また泣きたくなったら遠慮なく頼りな。わたし、聞くからさ」

うん、と花南は首をふる。涙と洟水で顔をぐしょぐしょにしながら何度も。――うん、衣吹。ありがとう、と。

4

二カ月後。七月初旬の休日。

大変なことが起きたと花南から呼び出しを受けたので、衣吹は性懲りもなくまた花南を訪ねた。こんなに他人にかまけてばかりいたら我が身が危うい。独身貴族へ直行人生じゃんかと思いながらも、結局は花南を放っておけない。女の友情だって、男に負けず劣らず強くて熱いものなのだ。

しかし驚いた。なにがって、花南のリクエストに応えて駅ビルで買った昼御飯のしゅうまい弁当がけっこう重い。二人分でこれほど重たい弁当なんて、最近なかなかお見かけしない気がする。

どこもかしこもステルス値上げの夏だというのに、この弁当の昔ながらの重量はなかなかに誠実だと思う。いろいろと感心した。インド料理屋にせよしゅうまい弁当にせよ、うわべの派手さこそないが、花南は美味《おい》しい食事をはずさない女だ。

そして食欲とは生きる力そのものだ。だからこうやってちゃんと飲んで食べて寝てさえいれば、あの子の身体はもう恐怖や焦燥なんかに負けないだろう。

「花南ー、来たよ。お邪魔しまーす」

Tシャツにワイドデニムというラフな格好で衣吹が勢いよく玄関の戸を開くと、奥から髪をゆるく結い上げた女主人が顔を出した。

「いらっしゃい。暑かったでしょう。マスク外していいからね」

この友はろくに化粧もしていないのに、あいかわらず色白で清楚だ。今日は鼻眼鏡だけれど、それもまたかわいらしい。善い女。キラキラ輝く女。あんたはじゅうぶん綺麗だよ。胸を張りな。衣吹は心の中で友にエールをおくる。

「……それで？　わざわざ呼び出した理由は何」

弁当の袋を渡しながら問いかければ、花柄ワンピース姿の相手はこっちこっちと神妙に手招きした。

「ユーリィから連絡が来たの」

おおと思わず衣吹がうなると、花南はすばやくその手をつかんだ。そのまま引きずるようにリビングの中へ引き入れる。

「とにかく、見て」

そこはいつもの安らぎ空間。こざっぱりと掃除されて家具は磨かれ、小物もきっちり収納されていて悪目立ちしていない。

そんな片づけ好きが唯一、処分できずにいた書棚の上の水槽も、今や影も形もなくなっている。よかった。どうやら愛魚の死に関してはふっきれたらしい。

ただ――代わりにそこへ鎮座していたのは、大型テレビより一回り大きい油絵だった。独特の油の香りがぷんと鼻を突く。まず目に飛びこんできたのは明るい、幸せに満ちた黄色だった。

「これって向日葵《ひまわり》畑……？」

「ユーリィらしいよね。向日葵ってウクライナの国花なんだよ」

「すごいじゃん……なにこの絵」

丘陵の空は晴れ晴れと青い。ぽつりと遠くに描かれているのは古い農家だろうか。

向日葵の花々がさざめき笑っている。暖かくそよぐ風の中、静謐《せいひつ》で包みこむような柔らかい光が風景全体を照らしている。

「ねえ、昔の映画にこういうのなかったっけ」

言いかけてしまったと思う。たしかとても哀しい話だったのを思い出したからだ。

「ああ、ソフィア・ローレンのじゃない。あの『ひまわり』もウクライナで撮影されたらしいよ」

しかし花南はたいして気にしていないようで、ひたすら絵を眺めていた。

それは――現代アートのような流動的な色合いながら、花びら一枚一枚まで丁寧に描かれた、精密な宗教画のような絵だった。

一目瞭然だ。この絵描きは上手い。

なぜって、そこには微塵《みじん》も悲しみや苦しみを感じさせるものはなかったのだから。

ただ優しく美しい悠久の時が流れている。大きい。広くて遥《はる》かで力強い。衣吹はただただ圧倒された。――これが花南の忘れられない男の心象風景なのか。

「この絵、どうもイギリスを経由してカナダから日本に発送されてきてたね」

美術協会のチャリティを取り仕切っているのは北米大陸の有志ボランティアらしいよと花南は言った。

「何カ国も経由して船に揺られてたから、ここに届くまで時間がかかっちゃったみたい。発送されたのは春の終わりごろだったの。良かったぁ、とりあえずはユーリィが無事で」

裏にも走り書きのメッセージがあったのだと、花南は絵を裏返してみせた。

「なにこれ。わたし、まったく読めないんだけど」

「ふふ、ドイツ語だからねぇ」

流麗な筆記体で書きこまれているそれを、花南は透きとおった声で翻訳した。


カナ。僕と僕の国を気づかってくれてありがとう。突然、大金がふりこまれたので大変驚きました。

このお金、今はありがたく困窮者支援に使わせてもらうけれど、そのうちかならず働いて返すよ。君の行いには本当に勇気づけられた。心より感謝する。

じつは君に贈る絵を何度か描きかけたんだけど、どうしても完成できなかったんだ。満足いかなくてね。

遠く離れた君、婚約したという君のために、今の僕になにができるだろう。日本ってどんな国なんだろう。きっと平和で良いところなんだろうね。

いずれにせよ僕は君に出逢えたのも、再会できたのも神の思し召《おぼ め》しだと思っている。

冬から憂鬱なニュースが続いているけれど、大丈夫。僕はまだこの世界からいなくならないから。だからあまり心配しないで。

そのうちすべてがよいほうへむく。僕はまだ信じる心を見失ってはいない。

とにかく約束を果たすのが遅くなってしまったことを謝るよ。本当に申しわけない。

どうか君のために描いたこの絵が、無事に手元に届きますように。

君がいつまでも幸せであることを祈る。──ユーリィ・メーリヌィク

「……わたしね、衣吹。ずっとユーリィのためになにかしなきゃって思ってた。彼を救わなきゃって」

感慨深げに花南はつぶやく。

「だけどむしろ救われたのはわたしのほうだった。この絵を見ていると不思議と心がなごむの。ユーリィの笑顔に触れているみたいで、彼の腕に抱かれた時と同じぬくもりを感じる。ただ幸せだった時間、優しい言葉だけが、心の中に浮かんでくるの……」

わたし、あの人と出会えて良かった、と花南は心底嬉しそうに微笑んだ。

「この戦争が終わったらわたし、キーウに行くつもり。ユーリィは身動きとれないから。今度こそわたしから逢いに行こうと思うんだ」

「花南……」

「もう一度、彼の声が聞きたい。あの綺麗な瞳を見てじかに話したい。この絵の場所にも行ってみたいし。ユーリィがわたしにとってなんなのか、ちゃんと確かめたい」

衣吹は吸いこまれるようにいつまでも絵を眺めている友の横顔を盗み見た。

――お願い、ユーリィ。どうか消えてしまわないで。

祈りにも似た切実な想いが、その華奢《きやしゃ》な全身から波打つように伝わってくる。たまらなくなって立ち上がるとリビングを横切り、無言でベランダの戸を開けた。

もわっと湿った熱風が肌にからみつく。かまわず外に飛び出し、カラカラと音を立てて戸を閉じると、とたんに盛大なため息が出た。

「は……」

八階の眼前に広がるのは、ぬけるような青空とどこまでも続く人の街。遠くにかすむのは多摩《たま》の山々だろうか。

今年は六月から猛暑だったけれど、ここ一週間ほど異常な熱波はなりをひそめていた。

やがて視界が歪《ゆが》んできて、熱いしずくが頰を伝った。衣吹は乱暴に手の甲でそれを払う。

やられた。あの向日葵。

あれはまぎれもなくラブレターだ。

だって裏側の字面よりずっと、あの無数に描かれた花々の熱量が、ひたむきにただ愛を語っているじゃないか。はっきりと彼の言葉まで聞こえてくるみたいだ。

カナ。この世界に生まれてきてくれて、僕の前に現れてくれてありがとう。ようやく再会できたのにまた遠い国へ帰っていく君を、あの時どうしても引きとめることはできなかったけど。

この絵にだけは包み隠さず、本当の気持ちを描いておこうと思う。

カナ、好きだよ。

僕は今でも君が好きだ。

ねえカナ。この先どんなに惨めで辛い目にあおうとも、僕は変わらず君を愛し続ける。いつかこの身が大地に還《かえ》っても、祖国の花のように笑いかける。

だから君はたとえ僕がどうなろうとも、うつむかずに先へ進んでほしい。

もう悲しい話はうんざりなんだ。

僕の愛する人には、この世の美しいものだけ信じ続けていてほしい。

大好きだよ。愛してる。この花の数ほど君を愛してる。愛してる愛してる愛してる愛してる愛してる愛してる愛してる愛してる愛してる――。

大きく息を吸って衣吹は思う。

シャイで情熱的な絵描きさん。あの絵にこめられたメッセージは、花南にちゃんと届いているよ。

彼女はあなたの向日葵を見てようやくすべてを確信したんだ。偶然を装ってあなたがわざわざウィーンまで出向いたことも。その後ずっと恋文めいた絵を送るか否か、逡巡し続けていたことも。

あなたにとって不幸だったのは、西の帝都にいるはずの相手が、いつのまにか東の最果ての島へ引っこんでしまっていたことだ。

鉄道を乗り継いだぐらいじゃたどりつけない遠くまでアプローチするか否か。迷い、ためらううちに、あなたの想い人は他の男と結婚の約束までしてしまった。だからあなたはおそらくあきらめかけたんだろう。それで絵を送るのをやめてしまった。

でもね、あなたと花南はたぶん魂の深い部分で惹《ひ》かれあっている。昔から今にいたるまでずっと。

運命の赤い糸は切れずにつながっていたんだ。八千キロ以上の距離を超えて。

人は身体だけで愛し合う生き物じゃない。あなたたちはかなり不器用だけど、その心のありようはとても尊くて美しいと思う。うらやましいよ。誰もがこんなに優しく純粋に、ただ相手を想いやれるわけじゃないから。

でも、この戦争は――どこを終着地としていくんだろう。

陰鬱な苛立《いらだ》ちがこみあげてくる。涙をすすり、唇を噛みしめて衣吹は思った。

今、わたしがこうして泣いているのは、悲しいからじゃない。怒っているからだ。

そうだ腸《はらわた》が煮えくり返るほど、わたしは猛烈に腹を立てている。――この世の不条理に。

わかってるよ。昔から世界は理不尽の渦中にあるって。花南だってわたしだって、そんなことは重々知っている。だけど、やっぱりおかしいものはおかしいじゃないか。

「あああ、悔しいなぁ。なんにもできないっ」

衣吹は両拳を握りしめてベランダの手すりに押しつける。いや、あきらめちゃいけないんだ、こういうことは。

わたしも花南も無力じゃない。考え続けろ。見たくないものから目を背けて日常に埋没するな。ここで一人一人が思考を止めちゃダメなんだ。

「いいかげんにしろよ。命の無駄使いだ、戦争なんて。馬っ鹿じゃないの！」

悪言を吐きすて、衣吹は奥歯を噛みしめた。

押しつぶされるな。前をむけ。

人がよりよい方向へ進化するには、これ以上に友達が新たな悲しみを抱えないためには。わたしはなにをどうしたらいい。

「衣吹ー、なにしてるの。そろそろお弁当食べようよ」

と、カラカラと戸が軽く開いて、部屋の中から遠慮がちに声がかかった。

「日焼け大敵だよぅ。衣吹の好きなチョコアイスもあるよー」

「うーい、了解っ」

衣吹は肩を怒らせたまま顔を上げると、おもむろに両頬を手のひらでぴしゃりと叩《たた》いた。

底抜けに陽気な空。いつのまにかもう夏だ。世の中がどれだけ疫病に翻弄され、泥沼の戦いに苦慮していようとも、こうして季節だけは人間の思惑とは無関係に移りゆく。

その濃い青の中を、黒点めいた飛行機がゆるやかに飛んでいった。白い線を吐きながら、はるか西のかなたへ。

——彼は今、どこでどうしているのか。

「大丈夫」

衣吹は力をこめてひとりごちる。それから首を鳴らすと踵《きびす》を返す。

明日がどうなるかなんて、誰にもわからない。

それでもいつかまたきっと来るはず、大切な人と笑顔で抱きあえる日が。

そうわたしは信じることにする。あの向日葵のように。

俺の幼なじみが俺というのはどうやら俺のせいらしい

水野七緒

1

幼なじみの酒匂《さこう》は、毎朝俺を追いかけてくる。

時刻はだいたい七時二十分を過ぎたころ。

家を出てすぐの交差点、あるいはその横断歩道を渡った先のあたりで、いつも足音が聞こえてくる。

軽やかな、どこか楽しげな響き。

それを耳にするたびに、俺は「ああ、酒匂が来たな」と思うし、実際そのあとすぐに後ろからスクールバッグを引っ張られる。

「みっくん、おはよ！」

俺より少し高い目線。

こいつは、一コ下のくせに俺より五センチほど背が高い。くそ、生意気なやつめ。

「ねえねえ、あのさ、あれ見た？　昨日俺がおすすめしたネコ動画——」

「見てねぇ」

「なんで!?　可愛《かわい》いから見てって言ったじゃん」

うるせぇな。

こっちは、連日部活でしごかれてクタクタなんだよ。

「じゃあ、あれは？　ＢＳでやってた『野球ソウル』——」

「観《み》た。マジでヤバかった」

「昨日のもさ、かなりマニアックだったよね。特に、現役のプロ選手が語るキャッチャー論」

「アレな。オンエア観たあと五回はリピートした」

「ちょっ……多すぎ！　さっきクタクタだって言ってたじゃん」

「うるせぇな、野球は別腹だろうが」

「食べ物じゃないけどね。言いたいことはわかるけどね」

夢中になって話しこんでいるうちに、最寄り駅に到着する。

改札を抜け、ホームに出ると今日も人があふれていた。

スーツ姿のおっさん、ゆるい私服姿の男、斜め前にいるのは隣の高校の制服を着たやつらだ。

そのなかの数人の女子が、ちらちらと酒匂を見ている。数日前「かっこいいよね」「声かけてみなよ」「えー」などと肘でつつきあっていたが、今日も声をかける度胸はないらしい。

「そういえば俺、みっくんにお願いがあってさ」

「ん？　なんだよ」

「あのさ、今度数学のテストがあるんだけどさ。俺、そこで赤点とったらいよいよヤバくて——」

ああ、ハイハイ。

こいつが何を頼みたいのか、だいたいわかっちまった。

「過去問か？」

「うん！　みっくん、去年大原《おおはら》先生だったよね？　だから……」

「ダメだ、貸さねぇ」

「ええっ、なんで!?」

「丸暗記は勉強じゃねぇ。そんなのお前のためにならねぇだろうが」

甘ったれんじゃねぇ、と細いふくらはぎを蹴り飛ばす。

手加減してやったにもかかわらず、酒匂は「ひどい！」と大げさに飛び跳ねた。

「何すんの！　このズボン、クリーニングから戻ってきたばかりなのに！」

「知るか」

「ほら見てよ！　これ！　みっくんの足跡！」

「そんなの手で払えばいいだろ。それかスカート穿《は》いてこい」

お前が入学するとき、おばさん嘆いてたぞ。「ズボンとスカート、両方買ったから制服代が馬鹿にならなかった」って。

「スカートは……足がスースーして好きじゃない」

「じゃあ、我慢してそのズボン穿いてろ」

「みっくんが蹴らなきゃよかったんじゃん！」

「うるせぇ、お前が『過去問貸せ』とか甘ったれたこと言うからだろうが」

「それくらい、俺以外のみんなも言ってますー！」

頬をふくらませる酒匂の背後で、例の女子たちが驚いたように顔を引きつらせている。

ああ、やっぱり気づいてなかったのか。

こいつ、背が高いし、髪も短いし、声は低めだし、制服はズボンだし、なにより自分のことを「俺」っていうから、すげー誤解されやすいけど。

名前は、酒匂あやめ。

性別は女。

あんたらと同じ「女子高生」だ。

俺と酒匂が出会ったのは、小学校五年生のとき。

当時、俺が所属していた地元の野球チームに「酒匂あやお」と名乗って入団してきたのがキッカケだ。

そのころから、酒匂は髪が短くて言葉使いも男っぽかったから、監督やコーチを含めてみんなあいつを男子だと信じて疑わなかった。ついでに、あいつだけ地元の小学校じゃなく国立大学の付属校に通っていたことも、けっこうな期間嘘《うそ》がバレなかった一因となった。

酒匂は、鈍くさそうに見えて野球センスのかたまりみたいなやつで、あっという間にレギュラー入りを果たした。

打順は二番、ポジションはショート。

俺は当時からキャッチャーだったけど、あいつの守備のうまさに何度助けられたかしれねぇ。「うまいやつが入ってきたな」と、みんな本当に有り難く思っていたんだ。

そんななか、酒匂が実は女子だと発覚した。

あれは、たしか隣町のチームとの練習試合のときだったか。女子トイレに入っていくあいつを相手チームのやつらが目撃して、そこから大きな騒動になった。

酒匂の両親含め、保護者が集められていろいろ話し合いが行われたらしい。

その結果、なんとかあいつはチームの一員として認められ、卒業するまで「二番・ショート」の座を誰にも譲らなかった。

そう、酒匂あやめは俺にとって小学校のときの野球チームの後輩。

で、今はただの幼なじみってわりだ。

酒匂と正面玄関で別れ、下駄箱《げたばこ》から上履きを取り出した。

癪《しゃく》なことに、今日も爪先が少し余っている。高校に入学するとき「足のサイズも変わるかもしれないから」って、母ちゃんが少し大きめなやつを買ってくれたが、今のところ余計なお世話にしかなっていない。

正直、酒匂がうらやましい。あいつは、高校に入学してから三センチも身長が伸びたんだ。「みっくん聞いて！　俺また背伸びた！」と、嬉《うれ》しそうに報告しにきたあいつの太腿《ふともも》に蹴りを入れたのはつい数日前のことだ。

「うーっす、名城《なじろ》」

朗らかな声とともに、右隣の下駄箱が開いた。

クラスメイトの原田《はらだ》だ。ついでに同じ野球部。今日も朝からノリが軽い。

「見てたぞ、名城。今日も仲良しじゃーん」

「……は？」

なに言ってんだ、お前。

「またまたぁ、そうやってすぐにとぼけるんだから。今朝もあやめちゃんと仲良く登校してたじゃーん」

「べつに仲良くねーよ」

制服のズボンに足形をつけたこと、ネチネチ言われてただけだぞ。

それに、俺らは仲が良いから一緒に登校しているわけじゃない。

家が近所かつ通学途中で出くわすから、結果的に一緒に登校している――ただ、それだけのことだろうが。

なのに原田は「いやいや『それだけ』って」と大げさにのけぞった。

「名城、それぜいたくすぎ！　女子の幼なじみがいるってだけで、お前勝ち組だからね？」

「は？　女子？」

誰が？　あいつが？

いや、たしかに女子は女子だけどよ。

見た目は、かなり男子寄りだろうが。

「そりゃ、今はね。けど、そのうち絶対化けるって！」

なんだそれ。

キツネやタヌキじゃあるまいし。

「でも化けんの！　絶対！　いつか！　『きれいな女の子』に！」

「おい、唾とばすな」

それと、もう少し俺から離れろ。お前の鼻息がかかって不快なんだよ。

遠慮なく顔を押しやると、原田は「痛い痛い」と悲鳴をあげた。

「ひでーよ名城、力強すぎ！　あやめちゃんにはこんなことしてねーだろうな」

「あいつにはもうちょっと手加減してるっての」

「えっ、それってやっぱり女子だから？」

「ちげーよ、後輩だからだよ！」

女子云々《うんぬん》で言うなら、そもそもこんなことをしねーっての。

つまり、手加減以前の問題だ。

「しっかし、もったいないよなぁ。あやめちゃん、めちゃくちゃ顔整ってんのに」

――まあ、それはな。

いちおう俺も認めている。今日だって、隣の高校の女子たちにチラチラ見られていたくらいだし。

「性同一性障害とかではないんだよね？」

「違う。あいつのは単に『男勝り』ってだけだ」

「じゃあ、やっぱり化けるだろうなぁ」

いつか。なにかの拍子に。「きれいな女の子」に。

いちいち区切りながら原田は主張するけれど、俺にはまるで想像できねぇ。

だって、初めて会ったときから、あいつはああだったんだ。今さらどんな女子になるってんだよ？

「まあ、俺はどっちでもいいや」

「どっちでもって？」

「女装しようが今のままだろうがどっちでもいい。結局あいつはあいつだからな」

「いやいや『女装』って！　あやめちゃん、女子だからね！」

「うっせぇ」

まだ何か言い募ろうとする原田を置きざりにして、俺はさっさと教室へ向かう。

酒匂が女子――そんなのわかってる。小学校を卒業するとき「中学でもみんなと野球続けたかった」って泣いたのはあいつだ。

けど、どんなに周囲が「女子らしくしろ」と言ったところで、本人はそれを望んじゃいねぇんだ。

だったら、もうずっとこのままだろ。たぶん。

それに――俺の本音としては、今の酒匂のほうが有り難い。

あいつが女子に化けたら、たぶんどう接すればいいのかわからなくなる。

もちろん、あいつが女子らしくなりたいっていうなら止めるつもりはねぇ。というか、俺には止める権利もないしな。

ただ「できれば今のまま」――そうひそかに望んでるってだけだ。

ところで、毎朝一緒に登校している俺たちだが、下校はほぼ別々だ。

俺は野球部に所属しているけれど、酒匂はどの部活にも入っていない。入学したてのころ、その背の高さを見込まれてバスケ部やバレー部から熱心に誘われたらしいが、本人は「野球以外のスポーツには興味がないから」と結局断っちまったらしい。だったら女子野球部のある学校に行けばよかったのに、と思わなくもなかったが、通学できる範囲にはなかったとのこと。ただ、部活に入らなかった分「塾だ、バイトだ」と忙しいらしく、それなりに毎日充実しているようだ。

というわけで、帰りは別々に下校する俺たちだが、これまた奇妙なことに地元の最寄り駅で合流することが多い。

俺が駅前のロータリーを歩いていると、例のごとくあいつが現れるのだ。

「みっくーん、一緒に帰ろう」

朝と同じくスクールバッグを引っ張られて、俺は「おう」と短く返す。

「塾の帰りか？」

「ううん、今日はバイト。ほら、髪の毛に帽子のあとが残ってるじゃん」

「……見えねーな」

「あ、そっか。みっくん背がちっちゃいもんね」

「うるせぇっ」

そんなこんなでくだらない話をしながら、俺たちは今晩も帰路につく。

ちなみに、今日は酒匂の愚痴がメイン。どうやらクラスメイトのひとりに不満がたまっているらしい。

「そいつ、小津《おづ》っていうんだけどさぁ。なにかと俺にちょっかい出してくるんだよね」

「なんだそれ。まさか、いじめられてんのか？」

「いやいや、そこまでじゃなくてさ！　なんていうか、俺が弁当食べてたら、後ろから覗《のぞ》き込んできて『うまそう』って唐揚げ一個持ってったり！」

ああ、そういう感じな。

「他にもさ、俺の机に勝手に謎のポエムを書いたり、『唇荒れてる』ってリップ塗ろうとしたり」

――ん？

「俺が重い荷物をもってると『ひとりで運べるの？』ってからかってきたり、寝癖がついてるって髪の毛引っ張ったり」

待て待て。

たしかに、ちょっかいと言えばちょっかいだけどよ。

「そいつ、お前と友達になりたいんじゃねーの？」

「ええっ」

「たまにいるだろ。気になる相手に、へんにちょっかい出すやつ」

「いやいや、いないって。そんなことするの小学生まででしょ」

それもそうか、俺ら高校生だもんな。

そうこうしているうちに、いつもの交差点が見えてくる。

横断歩道を渡ってまっすぐ行けば俺の家、左に曲がればこいつの家だ。

「じゃあ、みっくん、また明日！」

おう、またな。

軽く手をあげて、俺はスクールバッグを背負いなおす。

腹減ったな。今日の晩飯なんだろう。

唐揚げが食いたくて仕方ないのは、たぶんあいつの愚痴を聞いたせいだな。

と、まあ、以上が俺の平均的な一日だ。

登校途中に酒匂と出くわし、学校に行き、授業を受け、部活に励んで、下校途中にまた酒匂と顔を合わせる。

もちろん絶対にそうというわけじゃない。特に待ち合わせしているわけじゃないから、タイミングがあわない日の登下校は別々だ。

この日がまさにそうで、今朝は酒匂の足音が聞こえてこなかった。

おそらく寝坊でもしたんだろう。

ってことは、今頃駅まで猛ダッシュしてんだろうな。

そんなことを考えながら、俺はメッセージアプリをたちあげた。

——「寝坊か？」

既読がついたのは、およそ五分後。

——「最悪。目覚まし鳴らなかった」

——「でもギリギリ間に合いそう」

じゃあ、問題ねーな。

俺はあくびをすると、電車の揺れに身を任せた。

下駄箱で靴を履き替えていると、例のごとく原田が俺の隣に並んだ。

「なになに、今日はあやめちゃんと一緒じゃなかったじゃーん」

「寝坊したんだと」

「えっ、待ってあげなかったの？」

「待たねーよ、なんでだよ」

「えー」

あやめちゃん、可哀想《かわいそう》。

ぼそりと呟《つぶや》く原田に、「は？」と荒っぽく聞きかえす。

「だってあやめちゃん、置いていかれたってことじゃん。待っててあげなよ」

「なんでだよ」

「ひとりで登校なんて寂しいじゃん」

「べつに寂しくねーよ、ガキじゃあるまいし」

繰り返すが、俺たちは特に約束をしているわけじゃない。あくまでタイミングが重なったとき、一緒に登校しているだけなのだ。

「じゃあ逆は？」

――逆？

「名城が寝坊したとき、あやめちゃんが待ってなかったら寂しくなったり……」

「ならねーな」

「即答!?」

「当然だろ。何度も言わせんな」

むしろ、酒匂が待っていたらビビるっての。

ガードレールに寄りかかって「みっくぅ〜ん」なんて手を振ってきたら、「馬鹿、なにやってんだよ」って蹴りのひとつも入れてるぞ。

「えーそこは『待っててくれてありがとう』じゃないの?」

「で、ふたり揃《そろ》って遅刻するってか」

「そう! おててつないで仲良く遅刻」

「つながねーよ、気持ち悪《わり》いこと言うな」

とはいえ、あいつのことが気にならないわけじゃない。ぎりぎり間に合いそうとは言っていたけど、一本乗り遅れたらほぼアウトだろう。

念のため、メッセージを送っておくか。

そんなことを考えながら教室に入ろうとしたところで、「名城くん」と今にも消えいりそうな声に呼び止められた。

同じように立ち止まった原田が「おっ」とにやけた笑みを浮かべる。

声をかけてきた女子に見覚えはない。ネクタイの色を見るかぎり、どうやら同じ学年のようだ。

「あの……あのね」

必死に言葉をつむごうとするその姿に、ズンと胸が重くなった。

できれば気づかなかったことにして、このまま教室に入っちまいたい。けれど、捕まっちまった手前、今更どうすることもできやしねぇ。

「なんだよ」

「あの、今日……あの、放課後……少し時間をくれませんか？」

彼女の申し出は、ほぼ予想していたものだ。

だから、俺も用意していた言葉を返す。

「悪いが無理だ。放課後は部活がある」

「でも、少しだけでも……」

「いや、無理だから。俺、主将だし」

「部活のことなら代行するよ？　副主将の俺が――」

うるせぇ、原田。よけいなこと言うな。

手加減なしの蹴りでチームメイトを黙らせると、俺は改めて目の前の女子に向き直った。

「用件があるなら今言ってくれ」

「えっ」

「放課後は無理だ。昼休みもやりたいことがあるから時間を作れねぇ」

だから、今ここで用件を言ってくれ。

それ以外は応じられねぇ。

「あ、ええと……」

目の前の女子は、今にも泣きそうな顔でうつむいた。

少しだけ、胸が痛んだ。細っこい腕が震えていたから。

けど、ここで引くわけにはいかねぇ。申し出に応じて、クソみたいなめにあうのは二度とごめんだ。

結局、折れたのは彼女だった。

「ごめん……やっぱり、いい……」

絞り出すような声でそう言うと、きびすを返して走り去った。

周囲から、ため息が聞こえてきた。それも複数。教室の前でやりとりしていたせいか、いつのまにか人が集まっていたみたいだ。

「名城さぁ」

原田の目には、呆《あき》れたような色がにじんでいた。

「アレはない」

「わかってる」

わかってんだよ、ひどいこと言ってるって。けど、俺は女子とふたりきりになりたくない。特に好意をちらつかせる相手とは絶対にだ。

教室に入ると、数人の女子がこっちを見てひそひそ話していた。通りすがりに「ひどすぎ」と聞こえたのは、偶然ではなくわざと俺に聞かせようとしてのことだろう。

いや、ひどいのはお前らなんじゃねーの？

本気でそう思ってんなら、うっすら笑ってんじゃねーよ。

（ああ、これだから……）

これだから、俺は女子が苦手なんだ。

そう、俺は女子が苦手だ。

とはいえ、昔からそうだったわけじゃない。

小学校低学年くらいまでは近所の女子ともふつうに接していたし、遊ぶこともそれなりにあったくらいだ。

苦手になったのは五年生のとき。二学期がはじまってすぐ、まだ夏の名残があちらこちらに散らばっていたころだったか。

――「放課後、中庭に来てください」

ある日、そんな手紙が机のなかに入っていた。

なにかゲームでもはじまんのかな、と期待に胸を弾ませて中庭に出向くと、真新しい百葉箱の前に隣のクラスの女子が立っていた。うっすらと見覚えがあるだけの、よく知らない女子だ。

『光秋《みつあき》くんのことが好きなの。付き合って』

付き合う？　何に？

いまいち飲み込めないでいる俺に、その女子は『恋人になって』と言いなおした。

それなら理解できた。だから正直に答えた。

『なれねーよ。俺、お前のこと好きじゃねーし』

今にして思えば、ずいぶん遠慮のない言い方だ。

けれどそれが本音だったから、俺はバカ正直にそう答えた。だって、どう考えたってよく知らない女子と恋人になんてなれねーし。

でも、その女子はそうは思っていなかったらしい。「信じられない」とばかりに俺を睨《にら》みつけると、頬を赤らめてその場を走り去った。照れとかじゃない、おそらく怒りで興奮していたんだろう。

それでも、ふつうならこれでおしまいだ。

けど、そうはならなかった。

数日後、クラスにおかしな噂《うわさ》が広まった。俺が、例の隣のクラスの女子を中庭に呼び出してひどい乱暴を働いたのだという。

もちろん、事実無根の大嘘だ。

けれど、それを信じた女子十数名は、俺を囲んで口々に罵倒した。『あの子が可哀想』『お前は変態だ』『あの子に謝れ』『二度と学校に来るな』――。

疑いが晴れたのは、たまたまあのときの一部始終が防犯カメラに残っていたからだ。一ヶ月ほど前から百葉箱へのいたずらが絶えなかったため、期間限定で設置していたらしい。

結果、嘘をついた女子はそれなりに制裁を受け、噂はあっという間に消え去った。残ったのは、俺の女子に対する嫌悪感だけだ。

人を陥れる嘘を、平気でつくところ。

集団で押しかけてきて、これでもかと罵倒するところ。

こちらの言い分には一切耳を貸さず、誤解が解けても謝罪ひとつしないところ。

――わかってる。こんなのは、あくまで女子のほんのひとにぎりだ。みんながみんな、あんなふるまいをするわけじゃねぇ。

それでも、一度生まれた苦手意識は、そう簡単には消えなかった。

高校生となった今、さすがに気の合う女子とはふつうに会話できるようになったものの、それ以外の女子に対しては、今でもつい身構えてしまう。好意を向けられていると感じた相手には、なおさらだ。

だから、極力ふたりきりになる状況を作らない。

伝えたいことがあるなら、その場で、人前で伝えてもらう。

それを「ひどい」というなら、たぶんそうなんだろう。

けれど、それが俺なりの防衛手段なのだ。


午前の授業が終わったところで、原田が「学食に行こうぜ」とやってきた。

久しぶりにカレーを食いたいと思っていたら、原田も「今日はカレーうどんの気分」だという。

おそらく、四時間目の間ずっと教室に充満していたカレーのにおいのせいだ。いつも腹をすかせている野岡《のおか》あたりが、四時間目がはじまる前に食ったんだろう。

それにしても、弁当でカレーってどうかしている。

「マズいの確定じゃねーか」

「なにが？」

「弁当のカレー」

「そう？　コンビニとかで買わない？」

「コンビニのは温めてから食うだろ」

ふつうの弁当はそうはいかねぇ。絶対冷めてるし、なんなら衛生上の理由から冷蔵庫で冷やしたやつをつっこまれる。

「冷えたカレーほどまずいものはねぇ」

「まあ、脂とか固まるしね。けど、冷えてたらあそこまでにおいが充満しないでしょ？」

「……ん？」

じゃあ、なんだ？

食ったやつは、どこかで温めてきたってことか？

「もしかしてアレじゃない？　紐《ひも》を引いたら蒸気が出て弁当が温かくなる、的な？」

「それ駅弁だろ。一般家庭にそんなもんあるか」

謎が解けないまま一階に到着し、食堂へと続くプレハブの廊下をつきすすむ。

口のなかはすっかりカレーだ。カレー以外食いたくねぇ。

そんな思いで頭がいっぱいだったせいか、前を歩いている女子集団を追い越す寸前まで、そのなかによく知るやつがいることに気づけなかった。

「あれ、あやめちゃん？」

声をあげたのは原田だ。

俺は「は？」とやつの視線を追った。

たしかに、その先には酒匂がいた。なぜかギョッとしたようにこっちを見ている。

原田が「ああっ」と顔をほころばせた。

「あやめちゃん、今日スカートじゃん！」

なるほど、言われてみればそうだ。

酒匂がスカートなんてめずらしい。つーか、もしかして高校に入ってから初めてなんじゃねーの？

「うわ、可愛い。あやめちゃんスカート似合うね」

「え……はは……そんなことは……」

「いやいやほんと、似合うって！　足長くてきれいだし」

原田の賛辞に、そばにいた女子たちが「ほら」「言ったとおりじゃん」と酒匂を肘でつつく。

なのに、やつの顔は強《こわ》ばったままだ。

気まずそうに視線をさまよわせたあと、酒匂はちらりと俺を見た。

──なんだ、俺もなにか言ったほうがいいのか？

「どうした、その女装」

率直な感想。ただそれだけ。

なのに、周囲の空気がぴしりと固まった。

原田は「お前……」と絶句し、酒匂と一緒にいた女子たちは一斉に非難するような眼《まな》差《ざ》しを俺にぶつけてきた。

ただひとり、酒匂だけがなぜかホッとしたように頬を緩めた。

「それそれ！　聞いてよ～、みっくん。俺、今朝ズボンに牛乳こぼしてさー」

「それでその格好かよ」

「そう！　おかげで遅刻するとこだったっての！」

――うん？　遅刻の原因は寝坊じゃなかったのか？

けど、まあ、どうでもいいか。寝坊も女装も似たようなもんだ。

「行こう、あやめ」

女子のひとりが不機嫌そうに酒匂の腕を引いたので、俺たちの会話はそこまでとなった。

「じゃあ、またな」

「うん」

酒匂たちと距離ができたところで、原田が「お前さぁ」と今朝以上に冷ややかな目を向けてきた。

「アレもない」

「は？」

「女装とか。女の子に言ったら絶対ダメだろ」

「いや、けど――」

相手は、酒匂だぞ？

昔から自分のことを「俺」っていってるようなやつだ。

そうじゃなければ、俺だって、あいつに「女装」なんて言葉をぶつけたりはしねぇ。

「実質、あいつは男みたいなもんだろ」

「違うって！　男子っぽくふるまってる『女の子』なんだって！」

「それはわかってるっての！」

原田に指摘されるまでもねぇ。あいつと何年顔を合わせてると思ってんだ。

結局、そのあと食ったカレーはいまいちうまいと感じられなかった。あれだけ楽しみにしていたのに、なんだか肩すかしをくらった気分だ。

ついでに、下校時も酒匂とは遭遇しなかった。

それでまた肩すかしをくらった気になって、どうにもすっきりしないまま、俺は一日を終えたのだった。


そんなこともあったので、翌朝は少し身構えていた。

けど、酒匂はいつもどおり俺の前に現れた。

「おはよー、みっくん」

穿いていたのはズボンだ。どうやらクリーニング店に特急コースでお願いしたらしい。

酒匂は、これまでと変わらなかった。

いや、本当は何か変わっていたのかもしれねーけど、少なくとも俺の目にはそう映っていた。

俺たちは、昨日観たBSの「野球ソウル」の話をしながら学校へ向かった。

そして、いつもどおり正面玄関で別れた。

それからしばらくは、代わりばえのない日々が続いた。

おかげで、俺の頭のなかからは、あいつの女装のことなんてすっかり消え失《き》せ《う》てしまっていた。

それを再びほじくりおこすことになったのは、日暮れが少しずつ早くなりはじめたころ――制服が、夏服から冬服に切り替わってすぐのことだった。


その日、俺と原田は教室で昼飯を食っていた。

いつも購買に五個しか入荷されない「でかカツハンバーグサンド」――通称「デカハ」を、奇跡的に入手することができたからだ。

「これ考えた人ってさー、どうしてサンドイッチにとんかつとハンバーグを挟もうと思ったんだろうね」

「そんなの、どっちも食いたかったからに決まってんだろ」

「そうだけどさー、肉と肉だよ？　野球でいうところの四番と四番だよ？」

「じゃあ、とんかつとイカの天ぷらならいいのかよ」

「いや、よくないけど――って、なんでそこでイカの天ぷら？」

「うるせーな、昨日の晩飯がイカ天だったんだよ」

くだらねーことをダラダラ話しながら、俺はデカハにかぶりつく。

そういえば、酒匂に初めてハンバーガーを食わせたのは何を隠そうこの俺だ。

小学生のころ、あいつが「ハンバーガーっておいしいの？」ってうらやましそうに聞いてきたから、当時月五〇〇円だった小遣いをにぎりしめて、一番安いやつをふたりでわけたんだった。

「みっくん、俺これ好き」――そう笑う酒匂に、俺は得意げに胸を張ってみせたりして。

思えば、あいつは当時の俺にとって唯一ふつうに話せる女子だったんだよな。

「なあ、名城。あれ……」

ふいに、原田が俺の腕を引いてきた。

「なんだよ」

「見て、中庭。あそこにいるの、あやめちゃんじゃない？」

原田にうながされて、窓の下に目を向ける。

たしかに、中庭の隅のほうに酒匂がいた。どこぞの見知らぬ野郎と一緒に。

「あれさぁ、一年の小津クンだよね」

「小津？」

「知らない？　演劇部の、なんかすっごい人気ある子」

知らねー、と言いかけたところで、少し前の酒匂の愚痴を思い出した。

たしか小津って野郎が、あれこれちょっかい出してくるって言ってなかったか？

俺は、改めて中庭を見た。

たしかに、あまりいい雰囲気には思えなかった。

小津はオラつくような態度だし、酒匂は明らかに腰が引けていた。しかも、小津を拒否するようにずっと首を横に振っていた。

気づいたら、俺は立ちあがっていた。

「えっ、どうしたの、名城」

原田が驚いたような声をあげたが、そんなのに構ってるヒマはねぇ。

教室を飛び出し、一段飛ばしで階段を駆けおりる。正面玄関に向かうのは遠回りなので、左に折れてすぐ近くの旧体育館へ。

案の定、非常口が開いていたので、そこから上履きのまま外に出た。

間に合え。間に合ってくれ。

そんな念が通じたのか、中庭にはまだ小津と酒匂の姿があった。

とはいえ、無事という感じじゃない。小津は、しっかりきっちり酒匂を壁際まで追い詰めていた。一昔前に流行《はや》った、いわゆる「壁ドン」とかいうやつ。女子はキャーキャー騒いでいたが、あれは本来クソみたいな連中が、弱い生徒を威嚇するときにとる手段だ。

「てめぇ、何してやがる！」

走ってきた勢いのまま、俺は小津の背中に跳び蹴りをかました。

「いい度胸じゃねぇか。俺の幼なじみにカツアゲか!?」

小津は、派手な顔をこれでもかと歪《ゆが》めて振り向いた。

冷静に考えてみれば、いきなり背後から蹴飛ばされたんだ。そりゃ、驚きもするだろう。

ただ、そのときの俺は完全に頭に血がのぼっていたので、やつのそうした表情が、クソみたいな連中のそれと重なった。いわゆる「なんだ、人の獲物とる気かこの野郎」的な、ケンカ上等みたいなやつ。

なので、俺も遠慮なく小津の胸ぐらをつかまえた。

「ふざけんなよ、この野郎。金が必要ならてめぇで用意しろ」

「……は？」

「次、酒匂に手ぇ出してみろ。今度こそ、ボコボコにしてやっからな」

もちろん脅しじゃねぇ、本気だ。

相手はカツアゲするようなやつだ。遠慮なんていらねぇだろ。

なのに、目の前のクソは皮肉げに唇を歪ませた。

「なに言ってるんですか。あんたこそ引っ込んでろよ」

「なんだと？」

「僕たちは大事な話をしているんです。部外者の出る幕じゃありません」

部外者。その一言が、俺の理性をブチブチと引きちぎった。

冗談じゃねぇ、こいつは大事な幼なじみだ。

つーか、なんだよ「大事な話」って。このカツアゲ野郎が！

なのに――。

「待って！」

俺たちの間に、酒匂が割り込んできた。

「みっくん落ちついて！　俺、カツアゲなんてされてない！」

「は？」

「みっくんの勘違い！　カツアゲとか、そういうんじゃないから！」

俺は、まじまじと酒匂を見た。

だって、お前――さっきまでこいつに脅されてただろ。壁際まで追い詰められて、どう見てもヤバい感じだったじゃねーか。

なのに、酒匂はこの派手顔野郎を背中にかばっている。

なんだ、この二対一。

もしかして、アウェイなのは俺か？

ようやく冷静さを取り戻しつつある俺に、小津は薄笑いとともに新たな爆弾を落としてきた。

「告白していたんですよ」

「は？　誰に？」

「酒匂さんに。僕、彼女のことが好きなので交際を申し込んでいたんです」

交際。

酒匂と、交際。

俺は、目の前の幼なじみを見た。

幼なじみは、俺が見たことがないような――それこそ、耳まで真っ赤に染めあげて、何かをこらえるようにうつむいていた。

2

もう何年も、片想《かたおも》いをしている。

片想いの相手は、俺よりひとつ年上。

まじめ、野球バカ、頼りになる先輩——で、女嫌い。

いつからそうなのかはわかんない。俺が出会ったときには、すでに「女子はそばに来んな！」って感じだったから。

だから、俺は今日も「俺」として、彼の隣に並ぶ。

「みっくん、おはよー！」

いつか女嫌いを克服してくれないかなぁ、ってこっそり願いながら。


「いや、無理なんじゃないの」

そうバッサリ切り捨てたのは、隣の席の小津だ。

同じクラスの、演劇部のイケメン。けっこう人気があるみたいで、夏休みに行われた演劇部の一年生公演では、彼目当ての女子たちで会場が満席になったらしい。

「なんでさ。無理とは限らないじゃん」

「限るでしょ、小学生のころから女嫌いって。どう考えても筋金入りでしょ」

「そんなことは……」

だって、もっと小さかったころはふつうに女子とも接してたみたいだし。

それに「男子が好き」ってわけでもなさそうだから、それならワンチャンあるかなって。

俺がぼそぼそ訴えると、小津は「ワンチャンねぇ」と嫌みったらしく笑った。

「で、この間の作戦の結果は？」

「……作戦？」

「とぼけないでよ。この間、僕が提案した作戦。『同じクラスの男子にちょっかい出されて困ってる』って訴えて、反応見てみなってやつ」

わかってる。ほんとは覚えてるよ。

実際、ちゃんとやってみたし。

「じゃあ、結果は？」

ノーコメント。

「なるほど、イマイチってわけね」

「勝手に決めんな」

「じゃあ、お望みどおりの結果が出たの？　やきもち妬《や》かれたり、僕のことを警戒するようなそぶりを見せてくれたりしたわけ？」

こういうときの小津は容赦ない。これでもかと詰めてくる上に、どんなに俺が困っていても逃げ道を作ってくれない。

結局、しぶしぶ白状した。

「『そいつ、お前と友達になりたいんじゃねーの』だって」

「ハハッ、ともだち」

ともだち、と小津は二度繰り返した。

「残念。嫉妬とはほど遠いね」

うるさい。現実を突きつけるな。

ふてくされる俺に、小津は少しだけ目元をやわらげた。

「だからさ。いい加減あきらめて、僕にしておけば？」

「それは無理」

「じゃあ、せめて男っぽくふるまうのやめたら？」

これには、即答できなかった。

だって、ひそかに何度も考えたことだから。

もうやめようか。これって意味あるのかな。

でも——。

（女の子っぽくふるまったせいで、みっくんに避けられるようになったら？）

そんなの耐えられない。みっくんが俺以外の誰かを好きになるより、もしかしたら辛《つら》いことかもしれない。

だったら、今のままでいい。

ただの幼なじみとして、ずっとずっとみっくんのそばにいたい。

そんな俺を見て、小津は「あのさぁ」と声色を少し固くした。

「いちおう指摘しておくけど。性同一性障害でもないのに、自分のことを『俺』っていうの、端から見ていてかなり痛いからね」

「………」

「それに、そういうのいつまで続ける気？　大学生になっても？　社会人になっても？　中身は女性なのに、いつまで自分を偽り続けるわけ？」

「そんなの――」

わかんないよ、俺にも。

唇をかみしめてうつむくと、小津はあからさまにため息をついた。

「君のそれって、単にやめどきを見失ってるだけなんじゃないの？」

「やめどきって？」

「いろいろ。男っぽくふるまうこともそうだし、あとは、まぁ……」

小津は言葉を濁したけど、言おうとしていることはなんとなく想像がつく。

みっくんへの想い。

ずっと抱えてきた初恋を、手放すこと。

でも、できない。

それが簡単にできるなら、今、俺はこんなに胸が苦しくなっていないのだ。


俺とみっくんは、地元の野球チームで知り合った。

当時、俺は小学校四年生、みっくんは五年生。面倒見のいいみっくんのことを俺はとても慕っていて、野球をやめた今でも交友関係が続いている――。

っていうのが、たぶんみっくんの認識。

実際は違う。

俺が、みっくんを知ったのは野球チームに入る三ヶ月も前だ。

当時の俺は、ごくふつうの小学生だった。自分のことも「私」と言っていたし、スカートも当たり前のように穿いていた。

近所の子たちと違うところがあるとしたら、国立大学の付属小学校に通っていたことだ。そのせいで、一部の子供たちから妙な反感を買っていた。どうも「エラそうにしている」と思われていたらしい。

目をつけられた俺は、次第に彼らに突っかかられるようになった。下校中、いきなり背後から突き飛ばされるなんて可愛いもので、ひどいときは空き地で囲まれてお小遣いを巻き上げられたりもした。

両親には言えなかった。娘がそんなことをされてるって知ったら、きっと悲しむに違いない。だからといって、学校の先生に言うのも無意味な気がした。だって、相手は違う学校の子たちだ。どうやって叱るというんだろう。

そんなこんなで八方塞がりになって、しょっちゅうベソかいていたある日のこと。

俺の前にちっちゃなヒーローが現れた。

あのときのことは、六年経《た》った今でもあざやかに思い出すことができる。

例によって例のごとく、俺が空き地でいじめっこ集団にお小遣いをせびられていると、ボス的立場のやつがいきなり『ぐえっ』と前のめりに倒れたのだ。

『てめぇ、うちの近所で何してやがる』

ボスの後ろから現れたのは、野球のユニフォームを着た男の子だった。

体格はだいぶ小柄。パッと見「年下?」って思ったくらい。

なのに、いじめっこ集団は青ざめたように後ずさった。

『やべ、光秋だ』

『やばい』

『マジでやばい』

光秋、という名前らしいその少年は、いじめっこ連中をひとにらみすると、倒れたボスの背中をドンッと踏みつけた。

『おいこら答えろ。今、何してやがった？』

『う、うるせ……』

『はぁっ？　今なんつった!?』

ドスのきいたその声に、今度こそいじめっこたちは散り散りに逃げ出した。あのボスですら、何度も転びながら這《は》うように空き地を出て行った。

あとに残されたのは、俺とちびっこヒーローだけ。

『あ、ありがと……』

なんとか声を振り絞ったのに、ちびっこヒーローは『やべ、監督に怒られる』と、慌てたようにその場を走り去った。

助けた俺のことなんて、もはやどうでもいいみたいだった。

そのことが、俺の心をギュンッとさせた。

寝ても覚めてもちびっこヒーローのことが頭から離れなくなった俺は、やがてあの空き地で待ち伏せするようになった。

だって、もう一度彼に会いたかった。会って「あのときはありがとう」ってちゃんとお礼を伝えたかった。それに、できれば「好き」ってことも。ただ、それはちょっと気が早いかもしれないから、まずは「お友達になってください」くらいがいいのかもしれない――。

ところが、どんなに空き地で待っても彼は現れなかった。雨の日も、疲れてクタクタの日もがんばって通ったのに、ちっちゃなヒーローの姿を拝むことはできなかった。

そこで、今度は野球チームを探すことにした。あのとき、助けてくれた彼が野球のユニフォームを着ていたからだ。

地元に野球チームは二つ。そのうちのひとつに、たしかに彼はいた。

嬉しい。これでようやく再会を果たせる。

俺は浮かれた。めちゃくちゃ浮かれていた。

さあ、なんて声をかけよう。やっぱり「あのときはありがとう」かな。私のこと覚えてくれているかな。

野球の練習が終わるのを待って、帰り道こっそり後をつけた。ひとりになるのを見計らって、彼に声をかけるつもりだった。

ところがだ。

『うるせぇ、俺の前で女子の話をするんじゃねぇ！』

いきなり、彼がそう叫んだ。

『でも、野々村《ののむら》はマジでみっくんのこと好きって……』

『そんなの知るか。俺は嫌いだ！』

『なんで？　野々村、すっげー可愛いじゃん』

『そうそう、めちゃくちゃ可愛いし人気じゃん』

『そんなの関係ねぇ。つーか名前出すな！　鳥肌たっただろ』

『うわ、ほんとだ。マジでブツブツになってる』

『ほんと、みっくんって女嫌いだよなぁ』

ショックだった。

まさかのちびっこヒーローが、鳥肌がたつほど女子が嫌いだったなんて。

結局その日は声をかけられず、頭が真っ白なまま帰宅した。夕飯に出た大好きなチーズ入りハンバーグも、生まれて初めて喉を通らなかった。

眠る時間になっても、睡魔が訪れない。

どうしよう。もうあきらめるしかないのかな。

でも、もう一度ちゃんとお礼を言いたい。できることなら仲良くなりたい。あの子たちみたいに、彼のことを「みっくん」って親しげに呼んでみたい。

(私が、女子じゃなかったらよかったのに)

そこまで考えたところで、ハッとした。

そうか、「酒匂あやめ」が女子じゃなければいいんだ！

週末、俺は生まれて初めて髪の毛を短く切った。もともと背が高いこともあって、お父さんからは「男の子のようだ」と嘆かれたけれど、それを狙っていたわけだから、内心「よしよし」とテンションあがりまくりだ。

　それから、スカートを穿くのをやめた。自分のことを「私」から「俺」って言うようにした。両親からは何度も「やめなさい」って注意されたけど「学校で流行ってる、女子もみんな自分のことを『俺』って言ってる」って嘘をついて、意地でも「私」には戻さなかった。

　さらに、彼と同じ野球チームに入ることにした。所属できるのは男子のみだったけど、もともと男の子のふりをするつもりだったから特に問題はないように思えた。名前は「酒匂あやお」。保護者からの同意書はいとこのお姉ちゃんに代筆してもらったし、印鑑の置き場所は知っていたからこっそり借りてポンってつくだけ。ユニフォームやスパイクは「ソフトボールクラブに入部したから」みたいな理由をでっちあげて、なんとかひととおり揃えてもらったように記憶している。

　今、思えば、よくこんな嘘がまかりとおったものだ。うちが共働きかつそこそこ放任主義じゃなければ、もっと早い段階でバレていたに違いない。

　とにかく「男子」として野球チームに入団した俺は、何の苦もなくみっくんとチームメイトになった。

　当時からみっくんは面倒見がよくて、新入りの俺のことをすごく気にかけてくれた。人より運動神経がよかったことも、たぶん幸いしたんだろう。

『お前、もっと頑張ればもっともっとうまくなるぞ』

そう褒められて背中を叩《たた》かれたときは、嬉しくてちょっと泣きそうになった。

だから「実は女子でした」ってバレたときは、それこそ文字どおり目の前が真っ暗になった。

監督にはあきれられたし、両親にはめちゃくちゃ怒られた。俺のせいで保護者会まで開かれたらしい。

でも、当時の俺が一番怖かったのは、みっくんに嫌われることだった。

もう二度と、会話どころか近づくことさえできないかもしれない。だって、女子の話題が出ただけで、鳥肌をたてるような人だ。

だから、保護者会で入団が認められても、すぐには喜べなかった。

野球を続けられるのは嬉しかったけど、みっくんの件はどうなるんだろう。

やっぱり嫌われるのかな。だったら野球やめようかな。

でも、やめたくないな。みっくんと仲良くなりたくてはじめた野球だけど、めちゃくちゃ面白くて今は大好きだしな。

そんなわけで鬱々と迎えた放課後。スポーツバッグを片手にのろのろと野球場に向かう俺の前に、ユニフォーム姿のみっくんが現れた。お互いの家から一番近い交差点のところで、わざわざ待っていてくれたんだ。

『よう』
みっくんは、ちょっと笑うと寄りかかっていたガードレールから身体《からだ》を起こした。
『どうして？』
『………』
『みっくん、怒ってないの？』
俺、嘘ついてたのに。
ほんとは女子なのに。
『俺と一緒にいるの、嫌じゃないの？』
みっくんは、ちらっと俺を見た。
それから「面倒くせーな」ってかんじで頭を掻《か》いた。
『だってお前、どう見ても男じゃん』
あの瞬間のことを、俺は今でも忘れていない。
本当に、霧が晴れるように目の前がパァァァァッと明るくなったんだ。
呆《ほう》けたように立ち尽くす俺を見て、みっくんは怪訝《けげん》そうに首を傾《かし》げた。
『なにやってんだ、早く練習にいこうぜ』
あれから六年。
俺は、今もみっくんの隣で「俺」って言いつづけている。

だって、それが隣にいる条件だから。

そうしなければいけなかったから。

高校生になったみっくんは、さすがにもう女子の話題で鳥肌をたてることはない。一部の、気の合う女子とも、ふつうにおしゃべりできるようになったみたいだ。

それでも「苦手」って気持ちはやっぱりまだ消えていないみたいで。

(どうすれば、いいんだろう)

俺は、どうすればいいのかな。


そんななか、とんでもない出来事が起きた。

いつもより遅く起きて、大慌てでパンを頬張ってる途中、制服のズボンに牛乳をぶちまけてしまったんだ。

「お母さん――お母さん、どうしよう！」

「どうしようって、さっさと着替えればいいじゃない」

「何に!?　ジャージに!?」

「スカートに決まってるでしょ」

それはダメ！

それじゃ、みっくんに会えない！

「やっぱりジャージで登校する！」

「なに言ってんの。校則で禁止されてるでしょ」

「だったら休む！　スカート穿きたくない！」

「バカ言ってないで、さっさと学校に行きなさい！」

いっそサボろうかと思ったけど、今日はＬＨＲ《ロングホームルーム》があることを思い出した。

たしか、議題は「学園祭について」。こういう日に休むと、誰もやりたがらない仕事を半ば強制的に押しつけられることになる。実際、一学期に行われた体育祭のときも「男女二人三脚」とか「一キロ走」とか、誰もやりたがらないエントリーはすべて欠席者に押しつけられた。あのときのことを思えば、今日欠席するなんてどう考えてもありえない。

仕方なく、俺は部屋のクローゼットを開けた。

メンズのシンプルな服が並ぶなか、隅っこに押しやられていたプリーツのスカート。高校入学前、俺は「ズボンだけでいい」って言ったのに、お母さんが「いいから」とむりやり買ったものだ。

穿くと、太腿の内側あたりがスースーした。なんだこれ。スカートってこんなに頼りない感じだったっけ。

うちのクラスの女子は圧倒的にスカート派が多いんだけど、ほんと理解できない。こんなの穿いて一日過ごすなんて、はっきり言って拷問だ。

「あやめ、早くしなさい！　遅刻するわよ！」

お母さんの怒鳴り声で我に返った俺は、急いで階段を駆け下りた。

「いってきます」と家を出て、すぐに走りだそうとしたものの、布地がひらひらするのが気になって仕方がない。

最悪だ。スカート滅びろ！

心のなかで何度も悪態をつきながら、なんとか電車に乗り込んだ。

ぐったりだ。

朝から汗びっしょりだ。

手すりにもたれながら、ポケットのなかのスマホを取り出した。電源ボタンを押すと、真っ先にみっくんからのメッセージが表示された。

――「寝坊か？」

嬉しい。

いちおう、朝会わなかったこと気にかけてくれてたみたいだ。

――「最悪。制服のズボンに牛乳こぼして、今日スカート」

そこまで打ち込んだところで、はたと指が止まる。

今日はスカートだってこと、みっくんに知られて大丈夫かな。へんに避けられたり敬遠されたりしないかな。

悩んだ末、別のメッセージを打ち直して送信した。

——「最悪。目覚まし鳴らなかった」

——「でもギリギリ間に合いそう」

すぐに既読はついたけど、返信はなかった。

俺は、ぼんやりと窓の外を見た。

見慣れないスカート姿。なんだか「女子のふり」をしているみたい。

（まあ、実際女子なんだけど）

ああ、なんだか妙に気恥ずかしい。へんに注目を集めなければいいんだけど。

そんな俺の心配は、杞憂《きゆう》に終わ——ってほしかったんだけど、現実はそう甘くはなかった。

まず、仲の良い女子たちが「あやめ!?」と嬉しそうに食いついてきた。

彼女たちは、俺がみっくんに片想いしているのを知っていて、その上で「男子のふりなんてさっさとやめるべき」って日々チクチク言ってくる。

だから、スカート姿の俺を見ていろいろ早とちりしたらしい。

「よくやった、あやめ！」

「ついに決心ついたんだね！」

違う違う、これは今日だけ。

事情を説明すると、彼女たちは「はぁっ」って顔をしかめた。

「いいじゃん、これからはスカートでいこうよ！」

「ついでに『俺』って言うのもやめなって」

「もっと可愛い格好しようよ！」

そんな彼女たちは、今日も制服のスカート丈を自分好みに調節したり、唇をツヤツヤにしたり、甘い香りを漂わせたりしている。まさに、女子であることを全力で楽しんでいるって感じ。

そうだよな。俺が、みんなと同じくらい「男子っぽくふるまう」ことを楽しんでいるなら、みんなもあれこれ口出ししないんだ。

でも、俺自身ちょっと迷いはじめているから「もうやめなよ」って言われてしまうわけで。

「ねえ、その格好みっくんに見せにいこうよ」

「えっ、やだよ！　絶対やだ！」

「なんで？　いいじゃん」

「もしかしたら意識してくれるかも」

「可愛いって思ってくれるかも」

思わないよ。

みんな、みっくんの女嫌いを甘く見すぎ。

女子の話題が出ただけで鳥肌たてるような人だよ？　まあ、小学生のころの話ではあるんだけど。

「とにかく、会いに行くのは無理だから」

むしろ、今日一日会わないように気をつけないと。こんな姿を見られて「そういえばこいつ女だった」って今更距離を置かれたくはない。

そんなこんなで彼女たちに「絶対会わないから」って念押しして、ようやく俺は自席についた。

けど、ここからがまた厄介なんだ。

「ふーん」

さっそく、隣の席から含むような声が聞こえてきた。

小津の意味ありげな視線から逃げるように、私はかたくなに前を向いた。

「やっぱ似合うよね、スカート」

「うるさい」

「もう少し丈の調節したほうがいいけど。全体のバランス的に」

「…………」

「それかハイソックスだね。もっと長めのほうが僕好み」

「小津の好みなんて聞いてない」

「僕も君に言ってない。今のはただの独り言」

そんな小津の唇は、今日も女子並みにツヤツヤだ。かさつくと痛くて不快だから、まめに手入れしているらしい。

そのあたり、みっくんとは大違い。みっくんなんて、下手すればリップクリームの存在すら知らないかも。

「で、大好きな『みっくん』はなんて？」

「………」

「え、まさか気づかれなかったとか？」

「違う。会ってない」

見せられるわけないじゃん、こんな姿。

吐き捨てるようにそう返すと、小津はしばし黙り込んだ。それから「なるほどね」と呟いた。

「さすが意気地なし」

「うるさい」

「君ってほんと、男らしいのは外見だけだよね」

「黙れ」

「まあ、意気地がないのに性別は関係ないか」

小津は頬杖《ほおづえ》をつくと、ふわっと口元をほころばせた。

「似合ってる」

「……………」

「君は絶対スカートのほうがスタイルがよく見える」

そんなの知らない。興味ない。

小津に褒められたって嬉しくない。

(みっくんだ)

俺の基準は、すべてみっくんなんだ。

みっくんがどう思うか。みっくんがどう受け取るか。

(じゃあ、もしみっくんが「似合う」って言ってくれたら?)

今の小津みたいに褒めてくれたら?

俺は、明日からスカートを穿くようになるのかな。

そんなささやかな想像は、現実の前にあっけなく消えてしまった。

昼休み、まさかのみっくんとの遭遇。

青ざめる俺に投げかけられた、直球ど真ん中な一言。

「どうした、その女装」

――正直に言おうか。

まずはホッとした。

これでへんに意識されて敬遠されるようになったら、それこそ泣いても泣ききれない。

これまで積み重ねてきた六年間が、すべて無駄になってしまう。

だからこれでいい。

大丈夫、俺たちは何も変わらない。

で、その次が「納得」。

そうだよね、みっくんってこういう人だよね。

うんうん、知ってた、知ってるよ、みっくんらしい一言だよね。

でも、一緒にいた女の子たちは、みんなびっくりするくらい憤慨していた。

「ありえない」

「あやめ、もうあんな人やめなよ」

「こっちからふっちゃいなよ」

いやいや、ふるもなにもみっくんは俺のこと別に好きじゃないから。

俺がみっくんをふるには、まずはみっくんに好きになってもらわないといけないからね？

そう指摘すると、なぜか「もう」って頬をつねられた。さらに一番憤慨していた女の子が、ドスのきいた声で吐き捨てた。

「はっきり言ってさ、あやめにはあんな幼なじみより小津のほうがよっぽどお似合いだと思う」

その小津は、学食から戻ってきた俺を見るなり何か言いたげに眉をひそめた。

「……なに」

「いや——なんかあったのかなって」

「なんかって？」

「わかんないけど。なんとなく何かあった気がしただけ」

答えともいえない答えを口にして、小津は手元の冊子に視線を落とした。

少しホッとした。だって、自分でも今の心境をうまく説明できそうにないから。

「なんかあったか」って？　あったよ。みっくんに、俺のスカート姿を見られた。で、「女装」って言われた。ただそれだけ。

これを短くまとめるなら「俺がスカートを穿いても何も起こらなかった」といったところ。

ああ、めでたい。俺たちの六年間は、俺が女子っぽい格好をしたくらいでは何も変わらないことが証明されました。

なのに、時間が経つにつれてジワジワと妙な気持ちになっている。

最初はたしかにホッとしたはずなのに、今は「あれ、これまずいんじゃないか」ってモヤモヤしはじめている。

だって、よくよく考えてみたら、俺はいつか女子に戻りたいはずなんだ。

みっくんの「女嫌い」が完全になおったら、女子に戻って、みっくんと恋をしたい。

けど――それって可能なのかな。

これから先、俺がどんなに女の子らしい格好をしても、みっくんは「あいつ今日も女装してんなー」としか受け取らないのでは？

だとしたら、俺とみっくんって恋できんの？

これって、もう詰んでない？

(ああ、ダメだ)

頭のなかがグルグルしてきた。

ひとまず気分を変えようと俺は隣の席に向きなおった。

「なに読んでんの」

「演劇部の台本」

「どんな話？」

「ファンタジーだよ。主人公が異世界に転生して～みたいな最近流行ってる系統のやつ」

へぇ、面白そう。

見せて、と覗き込もうとすると、あっさり手でさえぎられた。「学園祭でのお楽しみ」って、必ずしも観にいけるとは限らないんだけど。

まあ、いいや。小津の邪魔をしたいわけじゃない。

仕方なく、俺はスマホを手に取った。

メッセージアプリを開くと、一番上にみっくんのアカウントが表示された。今朝のやりとり。スカート云々を隠して送った「目覚まし鳴らなかった」「でもギリギリ間に合いそう」――以降、更新されていないメッセージ。

「主人公は、呪いをかけられるんだ」

ぽつ、と小津が口をひらいた。

「今回の主人公は十八歳の少年なんだけど、異世界に転生してすぐに呪いをかけられて、おばあさんになってしまう。でも、そのおかげで一緒に転生してきた片想いの相手に優しく接してもらえるようになるんだ」

「え、なんで?」

「相手の女子が、いわゆるツンデレ系だから。そのせいで、転生前も転生後も主人公への態度はかなりキツい。ただ、根は優しいからお年寄りに対しては親切ってわけ。で、少女と主人公は急激に親しくなるんだけど、当然『おばあさん』のままでは想いを伝えることなんてできやしない」

「ふーん」

どこかで聞いたことがあるような、ないような。つまり「ありきたりな話」ってことなんだろう。

でも、演じるほうは大変そうだ。たぶんひとりで「少年」と「おばあさん」を演じるんだろうし。

「解いてあげようか」

いつのまにか、小津はページをめくる手をとめていた。

「君にかけられた呪い、僕が解いてあげようか」

なんだその申し出。失礼にもほどがあるだろ。

だって、俺は呪いにかけられてなんかいない。俺が今こんなふうなのは、俺自身が決めて、俺の意思でやっていることだ。

なのに、小津は俺から視線を逸《そ》らさない。いつものような揶揄《やゆ》する雰囲気も感じられない。

まじめな、小津らしくないまっすぐな眼差し。

だからなのかな、俺はつい訊《たず》ねてしまったんだ。

「へぇ、どうやって呪いを解くの？」

小津の作戦は、本人いわく「いたってシンプルなもの」だ。

「君の幼なじみの前で、僕が君に好意を盾にせまってみせる。それによって、君が誰かと——自分以外の『男子』と恋をする可能性がある、ということを気づかせる」

「へぇ、それで？」

「それだけだよ」

「えっ、おしまい!?」

いやいや、ダメじゃん。

それだけじゃうまくいきっこないって！

「なんでさ。仲の良い幼なじみが、見知らぬ男に告白されてるんだよ？　ふつう立ち止まるくらいはするでしょ」

「しないって！　むしろ『告白されてる』って気づいたら逃げるから！」

昔からそうだった。「バレー部の○○が可愛い」「保健委員の××さんっていいよな」みたいな話題に、みっくんは絶対に加わらない。それどころか、場合によってはその場からいなくなることすらあるんだ。

「それに、俺たちすでに試してるじゃん。俺が小津にちょっかい出されてる——って伝えるやつ」

あのときも、微妙な答えが返ってきただけだった。やきもちを妬くような気配は、みじんも感じられなかった。

「だから、小津が俺に告白するふりしても、みっくんは反応しないと思う。――まあ、へんな誤解をすれば別だけど」

「誤解って？」

「俺が小津にケンカ売られてるとか」

「いや、その誤解はないでしょ、さすがに」

俺もそう思いたい。

でも、相手はみっくんだ。情緒とかが苦手な単細胞、だけど正義感は強め。曲がったことが大嫌い。

「なるほどねぇ」

小津はしばらく考えこんだあと「じゃあ、それでいこう」と手を打った。

「は？　それってどれ？」

「ゆすりたかりに見せかけて『実は告白でした』って驚かせるプラン」

「いやいや、無理だって！」

「でも、それなら足をとめてくれるんでしょ、君の幼なじみは」

それは――まあ、そうだと思うけど。

「でも、下手すればボコられるよ。みっくん、小学生のころ『暴れ犬』って呼ばれてたし」

「その犬が暴れる前に誤解を解いてよ」

「ええっ、聞いてくれるかな」

「聞かせてよ。そこは君が頑張るところ」

それじゃ決定、と小津は薄く笑った。

「まあ、僕も頑張るよ。今回の役回りはちょっと難易度高めだし」

「へぇ、どのあたりが？」

「一歩間違えると、脅すの忘れてふつうに君を口説きそうなあたりが」

——そういうリアクションに困るコメントはやめてほしい。

うまく流せないし、俺はどう頑張っても小津のことを友達以上には思えない。

なのに、小津は嬉しそうに目を細めるんだ。

「いいね。そうやって僕のこと少しずつ意識してよ」

「……してねーよ、意識なんて」

「って言うわりに、今、微妙な間が空いたよね」

痛いところをつかれて、俺は黙り込む。

そうだよ、本当はちょっとだけドキッとした。

だって、こういうの慣れてないし。俺、こんなだから今まで男子にへんな感情向けられたことなかったし。

そのままうつむくと、いつものからかうような声が耳に届いた。

「君の『みっくん』も、そんなふうに少しずつ君を意識するようになってくれるといいね」

うるさい。もう放っておいて。

でも、ちょっとだけ期待した。

俺が今、一瞬小津にドキッとしたように、みっくんも俺にドキッとしてくれるとしたら。

この、こじらせて膠着《こうちやく》してしまった状況も少しは変わるんじゃないかって。

そんなわけで、俺は小津の作戦にのることにした。

といっても、内容の詳細はまったく聞かせてもらっていない。小津いわく「素人は、演技しようとすればするほどギコちなくなるから」ってことで、不意打ちみたいに仕掛けるつもりでいるらしい。

なんだ、それ。そんなので本当にうまくいくのかよ。

けど「じゃあ、君はうまく演技できるの？」って問われても、「うん」と即答できるほどの自信が俺にはない。

というわけで、俺は作戦遂行をまるごと小津に任せることにした。

一日、二日——何事もなく日々が過ぎ、衣替えが行われ、ブレザーを着るようになって最初の月曜日の昼休み。

「酒匂さん、ちょっと時間もらえるかな？」

いつものメンバーと学食に行こうとしたところで、小津が声をかけてきた。

すぐさま反応したのは、俺じゃなくて一緒にいた子たちだ。この間の女装事件以来、彼女たちはこぞって「もうみっくんはやめろ」「小津にしろ」とうるさいのだ。

だから、俺が頷《うなず》くよりも先に「どうぞどうぞ」と俺の背中を押しやった。

「あやめのことよろしくね」

「いい報告待ってるから」

「小津のこと信じてるから」

いや、ごめん。

これは十中八九そういうんじゃない。

（いよいよ、例の作戦を決行するんだ）

俺は、気合いをいれて小津のあとをついていった。

小津は、正面玄関に向かうと下駄箱から靴を取り出した。

「え、外行くの？」

「中庭にね。君と、これから人に聞かれたくない話をしたくて」

「あ――そう」

まあ、演技とはいえ、自分が女子生徒を脅しているところをむやみに人に見られるのは嫌だよなぁ。

――あれ、でも中庭で作戦を決行して、みっくんちゃんと気づいてくれんのかな。教室から見てくれるとか？　そういえば、みっくん今、窓際の席だっけ。

あれこれ考えながら、俺は小津のあとをついていく。歩幅はいつもより小さめ。小津って歩き方が上品だ。これがみっくんだと、ズカズカドカドカ歩くから、俺もズカズカドカドカ歩かないと追いつけない。みっくんはちびっこのくせに、昔から歩幅がけっこう大きいんだ。

そんなこんなで中庭に到着した。めずらしく今日は誰の姿もない。いつもなら誰かしら――主に三年生がいる印象なんだけど、そういえば今日三年生は校外学習で校内にいないんだっけ。

「なあ、どうすればいい？」

俺は、若干ソワソワしながら小津に声をかけた。

「今から例の作戦だろ？　俺、どうすればいい？」

「そのことだけど」

小津は、ようやく立ち止まった。

「作戦、やっぱりなしにしようと思って」

「……は？」

「君のこと、本気で口説こうと思って」

そう言うなり、小津は俺との距離を詰めてきた。

俺はまあまあ背が高いけど、小津はさらに三センチほど高い。

つまり、詰め寄られると目線がちょうど同じくらいになる。

「え、なに？」

なに言ってんの、冗談だよな？

へらりと笑ったけど、小津は笑わない。

すごい真顔でどんどん俺に近づいてくる。

「冷静に考えてみたらおかしいよね。僕は君が好きなのに、君の恋路に協力するなんて」

「へ？　いや、けど……」

「前々から思ってたけど、君は彼より僕と付き合ったほうが幸せになれるはずなんだ。

僕は、最初から君を『女子』として見ているし、恋愛相手として君を意識している。つまり、君さえ心を決めてしまえば、すぐに僕との『恋愛』が成立する」

いやいや、成立しないじゃん！

俺、小津に恋してないし！

「それに比べて『みっくん』はどうなの？　君を意識してるの？　君と恋できるの？　君が、方向性を間違っているとはいえ六年間も必死に努力してきたのに、彼はそれに見合うものを返してくれるの？」

そんなの知らない。

見合うものを返してほしくて、俺はみっくんを好きになったわけじゃない。

なのに、小津は「嘘だね」と薄く笑う。

「それが本当なら、君はとっくに男子のふりをやめているはずだ」

「なんでだよ！」

「本当にただ好きでいられればいいだけなら、君がふつうの女子に戻ったところで何ら問題はないからだよ。そりゃ、いざそうなれば、幼なじみの彼は君を避けるようになるかもしれない。けど、君はそれでも構わないはずでしょう？　好きでいる自由は残されているんだから」

小津の指摘に、俺は息をのむ。

そうだ、たしかにみっくんが俺と距離を置いたとしても、俺はみっくんを想い続けることはできる。だって、心は自由だ。そこまで邪魔されることはない。

けど、ああ、だけど——。

口ごもる俺を見て、小津は「ほらね」と唇を歪めた。

「結局、無理なんだよ。『見返りを求めない』なんて」

「……っ」

「君は、彼を好きなだけじゃ満足できない。彼に好かれたい。お付き合いしたい。自分の想いと同じものを、彼にも返してほしい。だから、無理して彼のそばにいて、その機会をずっとうかがってきた——でもさ」

ドンッと鈍い音。

小津が、俺の逃げ道を塞ぐように壁に手をついてきた。

「それって本当に叶《かな》えられるの？　彼は、君と恋してくれるわけ？」

どこまでも容赦ない指摘に、俺はなんとか反論を試みる。でも、言葉が出ない。なにも浮かばない。なにを返せばいいのかまるでわからない。

がつん、とかかとが壁に当たった。どうやら俺は、いつのまにか後ずさろうとしていたらしい。

嫌だ、もう逃げ場がない。

怖い、怖い。

目の前に迫っている小津ではなく、六年間目を背け続けてきた事実をこうして今突き付けられたことがただ怖くて、俺は……俺は――。

「てめぇ、何してやがる！」

突然の怒声が、中庭いっぱいに響き渡った。

小津の身体がなにかに突き飛ばされたように跳ね、おでこにすさまじい衝撃が走る。

まさかの頭突き。でも、これは小津が意図したことじゃない。

グラグラする頭を抱え、なんとか視線をあげた俺は、小津の肩越しに大好きな幼なじみの姿をみとめた。

弾んだ息、つりあがった目、絵に描いたような見事な仁王立ち。

「いい度胸じゃねぇか。俺の幼なじみにカツアゲか!?」

ああ、やっぱり。

みっくんって、そういう人だよね。

最悪、と小津が吐き捨てた。

それが、みっくんの突然の跳び蹴りに対してなのか、俺に頭突きする結果になったからなのか、それともこの一連の流れをカツアゲと勘違いされたことについてなのか俺には判断できないのだけれど、彼が今かなりの苛立《いらだ》ちを抱えていることは、さすがに十分伝わってきた。

とはいえ、一方のみっくんもまだまだ臨戦態勢だ。「来るなら来い」って顔をしている——どころか、自分より高い位置にある小津の胸ぐらを、今まさにつかみあげたところだった。

「ふざけんなよ、この野郎。金が必要ならてめぇで用意しろ」

「……は？」

「次、酒匂に手ぇ出してみろ。今度こそ、ボコボコにしてやっからな」

ああ、ほんとみっくんらしい。小学生のころ、俺や同じ野球チームの後輩が他チームの連中に絡まれたときと同じ。みっくんは、一度懐に入れた人たちに優しい。それが年下だとなおさらだ。

ちょっと目頭が熱くなった。みっくんのこういうところ、ほんと好きだ。恋だの愛だのはおいといて、人としてこういうみっくんが俺は大好きなんだ。

けれども、そんな感傷的な気分は小津の舌打ちで吹き飛んでしまった。

「なに言ってるんですか。あんたこそ引っ込んでろよ」

「なんだと？」

「僕たちは大事な話をしているんです。部外者の出る幕じゃありません」

あれ、と思った。小津の声音が少し変わっていた。あいかわらず冷ややかだけど、さっき俺に詰め寄っていたときよりも余裕がある。しかも、どこか芝居がかっているような感じ――。

ああ、そうか。

これはわざとだ。小津は、俺との約束を実行しようとしてくれているんだ。

あれ、でも、じゃあ、さっきまでのは一体なんだったんだろう。

あれも演技？　それともあっちは本気？

ぐるぐる考えこんでいるうちに、みっくんは更なる怒りを爆発させていた。

「誰が部外者だ、この野郎」

キャッチャーとして鍛えに鍛えた腕力を、ここぞとばかりに発揮している。

さらに強い力で胸元を締めつけられて、小津の右手が手招きするように動いた。

俺に助けを求めているんだと気づくのに、少しばかり時間を要した。

「待って！」

そうだ、誤解を解くのは俺の役目だ。

俺は、慌ててふたりの間に割り込んだ。

「みっくん落ちついて！　俺、カツアゲなんてされてない！」

「は？」

「みっくんの勘違い！　カツアゲとか、そういうんじゃないから！」

背後で、小津が息をついた。「遅すぎ」という非難はそのとおりだから、ここは素直に受けとめよう。

みっくんは、驚いたように俺を見た。なんていうか、自信をもってピッチャーに投げさせたボールを、軽々とスタンドに運ばれたときみたいな感じ。

小津は、あからさまにため息をついた。それから、またもや芝居がかった仕草で俺の肩に手を乗せた。

「告白していたんですよ」

酒匂さんに。僕、彼女のことが好きなので交際を申し込んでいたんです。

小津の言葉に、不覚にも胸を揺さぶられた。だって、これってまるで恋愛ドラマのワンシーンだ。

男子ふたりと女子ひとり——いや、パッと見は男子三人か。あれ、でも、それじゃ、ドラマのワンシーンみたいにはならない？　でも、最近は男同士でこういう展開になるドラマもあったはず。まあ、俺は男じゃないけれど。

そんなことをずーっと考えていた俺は、実のところたぶん相当混乱していたんだろう。だって、みっくんが、俺の知らない顔で俺を見ている。どこか傷ついたような、裏切られたような、ああ、うんやっぱり自信をもって投げさせたボールが満塁ホームランをくらったときみたいな？

胸が高鳴った。

もしかしたら、もしかするかもしれない。

この六年間、どうにもならなかった俺たちの間にいよいよ何かしらの変化が起こるかもしれない。

みっくんが、俺のことを意識してくれたら。

ほんの少しだけでも、これまでとは違う目で見てくれるようになったなら。

「ああ、ええと」

みっくんは、戸惑ったように視線をさまよわせた。

それから、どこか気まずそうに頭を掻いた。

「なんか、その……悪かったな」

――え？

「いや、うん――まあ……俺の早とちりだった」

なにこれ。なんで、みっくん謝ってんの。

なんでそんな中途半端な感じで笑ってんの？

いや、ある意味すごいよ？　だって、この六年間で初めて見たもん、みっくんの愛想笑い。

でも違う。こんなみっくんを、俺は見たかったんじゃない。

そうじゃない、そうじゃなくて――。

なのに、みっくんは俺から目を逸らしたまま、もう一度力なくへらりと笑った。

「じゃあ、その……仲良くな」

決定打だった。それが、みっくんの答えだった。

そう認識した瞬間、まるで何かのスイッチを押したかのようにぶわぁっと涙があふれ出た。あまりにも突然ですごい勢いだったから、一瞬自分の涙腺が壊れたのかと疑ったくらいだ。

「さ、酒匂さん?」

背後から、動揺したような小津の声。へぇ、小津ってそんな声も出せるんだ。でも、それが演技なのか本気なのか考えるだけの余裕が今の俺にはない。

みっくんも、呆けたように俺を見ていた。

まあ、そうだよね。みっくんの前で俺が泣くの、たぶん小学生のとき以来だよね。


そのあとのことは、あまりよく覚えていない。

気がついたら俺は演劇部の部室にいて、自分のものではないハンカチをにぎりしめてえぐえぐ泣き続けていた。

隣にいたのは小津だった。みっくんはどうしたんだろう。でも、名前を口にしようとしただけでまた壊れたみたいに涙があふれてくるんだから、今は考えないほうがいいんだろう。

ようやく口をひらけるようになったのは、五時間目開始のチャイムが鳴ったあと、しばらく経ってからだった。

「あ、あのさ」

「うん」

「授業……ごめん……」

「いいよ。僕、現国《げんこく》はそんなに好きじゃないし」

小津は、手にしていた冊子をぱらぱらめくっていた。たぶん、今度の学園祭で演じる呪いをかけられた少年のやつだ。

呪い――そう、呪い。

俺の呪いは、たぶん今回ので解けた。

六年間、俺が「俺」と言い続けたのは無意味だった。俺はみっくんの友達や後輩にはなれたけど「好きな人」にはなれなかった。それは揺るぎない事実で、俺は自分を「俺」という必要性を今や完全に見失っていた。

「あのさ」

息を吸うと、えずきそうになった。まだ喉がヒクヒクしていろいろ辛い。

「俺……俺、失恋したんだよな」

口にしたとたん、また涙があふれてきた。まずいな、ほんとに涙腺が壊れてしまったのかも。

小津は何も答えなかった。だから俺は、気が済むまでまたえぐえぐえぐえぐ泣き続けた。

ああ、辛い。悲しい。苦しい。

きっと、もう二度とみっくんには会えないんだろうな。

さよなら俺の六年間。

誰よりも大好きだった、ちびっこヒーロー。

明日からスカート穿こうかな。それくらいしないと吹っ切れそうにない。

心のなかで呟いたつもりが、うっかり声に出ていたらしい。

「いいんじゃない」

ようやく、小津が口をひらいた。

「君、スカートのほうが似合ってるし」

「そんなこと言うの、小津だけだよ」

「逆でしょ」

小津は、後ろの棚から別の台本を取り出した。

「似合わないと思ってるの、君と君の幼なじみだけだよ」

目がとけそうなほど泣いた数時間後。

俺はふつうに塾に向かい、数学と古文の講義を受けて帰りの電車に揺られていた。

失恋ってすごい。今はかろうじて我慢しているけれど、油断しているとすぐにまた涙があふれそうになる。

一方、同じくらいお腹《なか》が空腹を訴えてきた。そういえば昼食を食べていなかったっけ。人間の身体ってすごい。失恋してもちゃんとお腹はすくものなんだ。

駅の改札をくぐると、立ち止まることなくまっすぐ交差点を渡った。

今までの俺なら、みっくんが帰ってくるまでファストフード店や本屋で時間をつぶしていたんだけど、もうそんなことをする必要はない。みっくんと二度と登下校することもない。

ああ、やばい。それはそれで寂しいな。

今日起きたこと、全部リセットされないかな。

でも、みっくんの前でこれまでどおりふるまえる自信がない。やっぱり、もう二度と会わないほうがいいんだ。

そんなことを思いながら歩いていたから、いつもの、朝、俺が声をかける交差点まで来たとき、大げさではなく本当に悲鳴をあげそうになった。

「よう」

あのとき——俺が女子だってバレたときと同じ。

みっくんは、ガードレールに寄りかかってこっちを見ていた。

俺は、すぐには動けなかった。

だって、そうじゃん。「もう二度と会えない」ってさんざん泣いたあとだったのに。

俺が立ち尽くしていたせいか、みっくんはもう一度「よう」って言った。しかも、今度は軽く手を挙げてみたりして。

なにそれ、なんだか小津みたいじゃん。小津が、ときどき芝居がかった仕草を見せるときみたい。ああいうの、あいつには似合ってるけど、正直みっくんにはいまいちだよ。

「どうしたの」

ようやく声を振り絞った。それからグッと眉間に力を入れた。そうしないと、またすぐにでも涙がこぼれそうだったから。ほんと、みっくんのせいで俺の涙腺はどうかしてしまった。

「あのさ」

みっくんは、気まずそうに頭を掻いた。

「俺のせいなのか？」

「なにが？」

「お前が、その……自分のこと『俺』っていうようになったの」

違う、みっくんのせいじゃない。

俺は、俺の意思でそうするって決めたんだ。今思えば、それは小学生ならではの浅知恵だったけど、あのころの俺が必死で考えた結果だし、それを高校生になってからもこうして続けているのも間違いなく俺の意思なんだ。

「だから、みっくんは関係ない。みっくんのせいなんかじゃない」

俺としては、はっきりそう伝えたつもり。なのに、みっくんの表情は変わらない。気まずげに視線をさまよわせたまま、何か言葉を探している。

「あのよ」

長いため息のあと、みっくんはようやく口をひらいた。

「あいつが言ってたじゃん。お前を好きだっていう、中庭でお前が庇《かば》った――」

「小津のこと？」

「そう、そいつが言ってただろ。俺がお前に呪いをかけたって。俺が、お前に『女はダメだ』みたいに思わせたんだって」

「……そうなの？」

「そうだよ。つーか、覚えてねーのかよ？」

覚えてない。ごめん。

たぶんそれ中庭にいるときに言われたんだよね？　三人揃ってたの、あのときだけだし。

ごめん、みっくん。それと小津も。ぜんぜん聞いてなかったよ。あのときの俺は、ただただ壊れたみたいに泣いていたから。

「お前さ」

みっくんは、相変わらずうつむいたままだ。

「やめとけよ、もう」

「何を？」

自分を「俺」っていうこと？　それとも、みっくんを好きなこと？

だとしたら、わざわざ言われるまでもない。どっちも、ちゃんとどうにかするよ。今すぐには難しいかもしれないけど、もう「俺」っていう意味もなくなったし、みっくんを好きでいることだって――。

「いや、そうじゃなくて」

ああ、くそ、とまたもやみっくんは頭を掻いた。今度は乱暴に。なにかに苛立っているみたいに。

「もうあいつに頼るのやめろ」

「……あいつ？」

「小津だよ、小津！　あいつは気に食わねぇ。クソイケメンだし、ひとのこと部外者扱いしやがるし」

よくわかんない。

小津がイケメンだから気に食わないってこと？

「でも、小津はいいやつだよ」

「褒めんな」

「愚痴きいてもらったし」

「なんのだよ」

「いろいろ……みっくんのこととか」

「勝手に俺の愚痴こぼしてんじゃねぇ」

軽くふくらはぎを蹴られた。ほんと、みっくんは昔から足癖が悪い。手を大事にしてるんだろうけど、足の怪我《けが》だって野球するには大きく関わってくるのにね。

その手を、俺はジッと見た。

みっくんは、俺より背がちっちゃいのに手は俺よりひとまわり大きい。

それに、てのひらが分厚い。

小指がちょっと変形しているのは、中学生のときに骨折したせい。いつだったか、雨が降る前に少し痛むって愚痴をこぼしていたっけ。

俺の視線に気づいたのか、みっくんはギュッと右手を握りこんだ。

「あのよ。――手でもつないでみるか」

「えっ」

「お前とは付き合いが長《なげ》ぇから、たぶん気づいてるだろうけどよ」

俺、女子が苦手なんだ。

全般的に苦手で、特に好意を向けてくるやつがダメで、だからもしかしたら鳥肌とかたつかもしれねーけど。

そう前置きしたあと、みっくんは「ほら」と右手を差し出してきた。

「お前なら、ギリ大丈夫かもしれねぇし」

「…………」

「試しに、つないでみるか？」

俺は、まじまじとみっくんを見た。ううん、正確にはみっくんのつむじを。だって、みっくんはまだうつむいたままだったから。

でも、これまでとはちょっと違う気がする。恥ずかしがってるような、照れてるような――もちろん、俺が勝手にそう思っているだけかもしれないけれど。

「いいの？」

「おう」

「本当に？　いいの、俺と手をつないでも」

「だから、さっきから『いい』って言ってんだろ」

ああ、ダメだ。また泣いてしまいそうだ。

それでも、俺は手を伸ばさずにはいられない。

だって、ずっと夢みてた。こんなふうに、みっくんに触れること。

「……鳥肌たった？」

「いや、大丈夫っぽい」

それから、てのひらで乱暴に頬をぬぐわれた。「お前、泣きすぎだろ」ってちょっと笑いながら。

ああ、どうしよう。

好きだ。みっくんが好き。大好き。

だから涙がとまんない。

「あのさ」

「おう」

「俺――私、昔からみっくんのことが好きで」

「おう」

「同じ野球チームに入る前から、みっくんのことが大好きで」

「……うん？」

「みっくんは覚えてないかもだけど、私、野球チームに入る前からみっくんのこと知ってて、みっくんのことが大好きで」

だから、今からその話をしてもいいかな。

むかしむかし、俺になる前の「私」が、みっくんに恋したときのことを。

地球最後の日

百道みずほ

「緊急速報です。緊急速報です。あと六時間ほどで巨大隕石《いんせき》が地球に衝突し、地球がなくなるとのことです。このあと詳しく解説します。あ、首相官邸から中継がはいりました」

急いでパンを口に突っ込んでいると、テレビが告げていた。

地球がなくなる？

現在午前七時。今日は平日だから、会社に行かないといけなくて……。六時間後って言ったら、午後一時ごろに地球が滅亡？

「はああ？」

朝からお笑い番組のチャンネルになっているのかと思ったが、どうにもテレビの中のキャスターたちは真剣そのものだ。

まさかね。そんなバカなことってあるわけない。

あわてて他のチャンネルにしてみる。

自分の目を疑った。

やばい。どこのチャンネルでも地球に巨大隕石が衝突するという話しかしていない。

ちなみに今日はエイプリルフールではない。十二月十五日、クリスマスが近いごく普通の日だ。

冗談きついわ。もしかして電波ジャックとか？

スマートフォンでインターネットニュースを確認すると、巨大隕石衝突のニュースであふれかえっていた。

地球に巨大隕石がぶつかるというのはどうやら本当らしい。テレビでも、インターネットニュースでも「今日は地球最後の日」とうたっていた。

今から会社なのに。

メイクして、着替えないといけないのに。わたし、真鍋璃子《まなべりこ》は二十八歳。この歳《とし》になるとメイクは欠かせない。すっぴんなんてとんでもない。もはやメイクはマナーだ。

さて、どうしよう。

「約六時間後、地球に大きな隕石がぶつかります。日本政府は世界と協力し、回避するための行動をとっていましたが、不可能でした」

中継の女性アナウンサーがニュースを懸命に伝えている。

「いったい政府は今まで何をしていたんですか。発表が遅すぎると思うんですけれど」

メインキャスターが女性アナウンサーに訊《たず》ねる。

「日本政府は自衛隊を米国に派遣、種子島《たねがしま》宇宙センターでは巨大隕石の分析をしていました。各国の軍や宇宙情報機関など世界が一致団結し、世界宇宙対策本部を設置。あらゆる力を用いて隕石に衝撃を与えようと試みました。世界中の政府が生き残るために協力して、隕石の軌道を変えようとしていました」

女性アナウンサーはそこまで一気に言って、息を整えた。

「努力の甲斐《かい》があって、一度は隕石の軌道が変わったのですが、きょう未明、巨大隕石の軌道が再び変わり、地球へ向かってきたのです。一度は解散した世界宇宙対策本部でしたが、再び集結し、現在スイスで巨大隕石の衝突に関する会議が開かれております」

女性アナウンサーはメインキャスターの顔を見る。

「隕石の軌道が再び変わるって、そんなことってあるんですか」

メインキャスターは食いついた。

「どうなのでしょうか。なぜか隕石の軌道は再び変わりました。不思議としか言いようがありません。われわれ人間の手には負えない、何かの力が加わったのか、こればかりはわかりません」

女性アナウンサーは説明した。

メインキャスターはカメラを中継からスタジオに戻すように指示した。

「ＣＭのあとは、地球滅亡について詳しく解説します」

明るくもなく、暗くもなく、ごく淡々とした声で予告が入った。

爽やかなバックミュージックが流れ、車が景色のいい道路を走っている。車のＣＭの後は、すべてＡＣジャパンのＣＭになった。

ＡＣジャパンのＣＭは公共広告だ。

ＡＣジャパンのＣＭばかり流れるってことは、やっぱり地球がなくなるという話は本当なんだろうなあ。

日本も世界も大ピンチ。ついでにわたしも大ピンチ？

そろそろ着替えないといけない時間だ。始業時間に間に合わなくなっちゃう。メイクは適当でいいか。こんな日は誰も見ていないだろう。

電車は動いているのかな。

テレビの画面に交通情報のテロップが流れた。「ＪＲ、私鉄各線は運転停止」だって。

えええ？　歩いていくの？　無理だな。

もしかすると、今日は会社に行っても仕方がないんじゃない？　きっとみんな休みだよね？

ふと疑問がわいて、スマートフォンの画面を見る。

会社から臨時休業のメールは届いていない。

行くべきか。行かないべきか。会社が休みなら休みって言ってよ、エラい人。

ああ、モヤモヤする。

ＣＭが終わり、スタジオにカメラが戻った。

メインキャスターは天文学者に「地球滅亡について、詳しく解説をお願いします」と促した。

天文学者はテレビの画面にアップで映し出され、フリップに書かれている巨大隕石の大きさ、重さなどを読み上げた。

「これまでも地球は隕石と衝突してきました。一九二〇年にナミビアで発見されたホバ隕石は発見当時約六十六トンありました。二〇一三年に衝突したチェリャビンスク隕石は、大気圏突入前の重さは約七千トン、直径は約十五メートルと推定されています。これらの隕石の衝突は地球を滅亡させるほどではありませんでした」

「なるほど。では今回はもっと大きいのですね」

「はい。他に、恐竜が絶滅した原因と言われている約六六〇〇万年前の、巨大隕石の衝突がありますが、今回の巨大隕石はその時よりも大きいということです」

「我々にあとどれくらい時間が残されているんですか」

メインキャスターは天文学者に質問を投げかける。

「そうですね、計算が正しければ五時間半といったところでしょうか。五時間と報道しているところもありますが、ぼくは五時間半だと思うなぁ」

天文学者は鼻からずり落ちたメガネを指で押し上げた。

「お昼過ぎには、つまり……、わたしたちは……」

「十二時半ごろでしょうか。隕石が衝突しても、すぐに地球が壊れるわけじゃないんですよ。だから、人類が滅亡するまでの時間の算出方法はいろいろありましてね。まあ、おおよそ十二時半って思ってもらえればいいかと」

天文学者はカンペを片手に声を張った。

メインキャスターはすばやくカメラに向いた。

「地球滅亡まで、現在七時を回っているのであと五時間半あなたは、地球最後の時間をどのように過ごしますか」

メインキャスターの後ろでは、コメンテーターが「どうしてこんなに発表が遅れたんだ」と吠《ほ》えていた。

たしかに。コメンテーターが言うことはもっともだった。

せめて昨日、「明日地球が滅亡しますよ」って言ってくれれば、孝太郎《こうたろう》に会ったのになあ。

孝太郎は付き合って半年の恋人だ。

孝太郎は三十歳で、わたしは二十八歳。結婚という言葉はお互い口には出していないけれど価値観や生活サイクルなどすりあわせができるか見極めている時期でもあった。もう会えないのかなあ。好きだったのにな。いやだなあ。

もしかして、これが最後の恋ってやつ？

「だから、わたしたちも懸命に努力していたんですよ。それから、今も鋭意努力中です。最後まで諦めない」

「努力していたら許されると思っているのか」

コメンテーターは怒鳴っている。天文学者の答えが癇《かん》に障ったらしい。

「じゃあ、もうダメだって頭を抱えて、何もしないでいろっていうんですか。一度は人の力で地球にぶつからない軌道が変わったんです。もう一回変わるかもしれない。そう願って、必死にわたしたちだってやっているんです」

「努力のアピールなんてどうでもいい。明日も生きていけるように何とかしてくれってことだ！」

コメンテーター、その通り。あなたは全人類の主張を訴えた。

「だから我々だって頑張っているんじゃないですか」

天文学者は顔を真っ赤にした。

スタジオはカオスだった。

メインキャスターは眉根を寄せて黙っている。

メインキャスター、がんばれ。心の中で応援した。

さて、今日はどうしたらいいんだろう。会社に行くべきか。行ってもどうしようもないよな。休みか？　休んでいいのだろうか。

なんだかマンションの外が騒がしい。

窓を開けると、救急車の音があちらこちらから聞こえた。目の前の道路をパトカー数台が走り去っていく。

きっとみんなパニックなんだろうな。もしかしてどこかで暴動とか起きているんだろうか。

どうしよう。やっぱり会社に行けないかも。

でもあとであいつは会社に来なかったって言われるのもいやだなあ。

テレビではいろいろ言っているが、結論はやっぱりあと五時間半ほどでみんな死ぬらしい。

どうやって死ぬのか。

どうやって残りの時間を過ごすのか。

それが問題だ。

「うう、寒い」

わたしは窓を閉めた。

五時間半。あと五時間半。何をしよう。

もしかして朝ごはんなんか食べてる場合じゃない？

あ、親に電話しないと。あと孝太郎にも。

スマートフォンを見ると、孝太郎からメールが来ていた。「携帯電話が繫《つな》がりにくいらしい。また連絡する」と書いてあった。

じゃ、まずは実家に電話をするか。

スマートフォンの電話帳を開こうとしたら、お母さんから電話が来た。

すごいタイミングだ。

きっと朝のニュースを見て、慌てて電話をくれたんだろう。

「大丈夫？」

鹿児島にいるお母さんは心配そうだ。

「うん。東京はまだそんなにパニックじゃないよ」

外で消防車のサイレンが聞こえてきたので、窓から離れた。

「会社は？」

「たぶん、休みだと思う。会社からは連絡きてないけど」

お母さんに会社のことを聞かれて、やっぱり会社にも連絡しなくちゃと思った。

「お母さん、今からわたし鹿児島に帰ろうかな」

「そうねえ。会いたいけど、無理よ。今ね、飛行機が飛んでないんだって。それに飛行機や鉄道が動いていても、こっちに来る前に……」

お母さんは仕方なさそうに言う。

「今から急いで帰っても、六時間以上はかかるものね。帰っている途中で死んじゃうのはいやだな」

わたしの言葉をお母さんは黙って聞いていた。

「璃子、まだ死ぬと決まったわけじゃないから、しっかりしなさい。こういう時こそ、ちゃんとあらゆる事態を想定して考えないと。後悔は死んでからにしなさい。万が一の時もあるんだからね」

——お母さん、死んでからは後悔できないよ。万が一ってさ、あるの？　生き延びるってこと？

そう思ったが胸にしまっておいた。

テレビもインターネットも地球滅亡って騒いでいるのに、五時間半後、わたしが生きているってありえるんだろうか。

首をかしげながら、こんなこと大したことないって伝わるように、わざと明るい声で話す。

「そっか、ほんとだよね。今日は会社は休みだろうし、家にも帰れないし。のんびりと最後の日を楽しむよ。お母さんたちも楽しんで。お昼前にまた電話するね。とりあえず、まだ生きてるから大丈夫。心配しないで」

「うん。わかった。お母さんもお昼近くなったらまた電話するから」

涙ぐんでいるお母さんの声がした。

「おい、ちょっと代われ」

お父さんが電話口に出てきた。

「いいか、死ぬ直前まで自分が幸せになれるように考えろ」

「うん。……そうする」

わたしの目から涙がこぼれた。

本当に死んでしまうのか。

お父さんも、お母さんもいなくなってしまう。

「ああ、その、お前は恋人はいるのか？」

お父さんが今までそんなことを聞いたことはなかった。びっくりした。

「恋人はいるのか？」

お父さんが二回聞いた。

どうしても知りたいらしい。

電話口に緊張が走る。

二十八歳、結婚問題が起きている。ここは正直に答えるべきだろう。

わたしとしては、このデリケートな問題をスルーしたかったが、地球滅亡の前では取り繕っても仕方がない。

「うん。いるよ。安部《あべ》孝太郎さんっていうの」

「……うん、じゃあ、今日はそいつと過ごせ。恋人と一緒なら、悪くないだろう、それで終わっても」

お父さんは胸中複雑なんだろう。考えながら話しているようだ。

でも、付き合ったばかりで、まだ彼とは結婚の話まで進んでないんだ。本当にごめんなさい。

お父さんとお母さんを安心させてあげられないことに胸が痛んだ。

「恋人の、安部さんとは連絡がついたのか？」

「ううん。まだなの。電波が繋がりにくくなっているみたい」

「すぐに連絡してみろ。おまえが一人で死んでいくと考えると……」

お父さんは黙ってしまった。

「もう、お父さんったら。ほら、電話を代わってちょうだい」

「母さんも俺もお前のことずっと考えてるからな。恋人と仲良くするんだぞ」

「うん。わかってる。わたしもお父さんとお母さんのこと考えてるから」

同じ気持ちだった。

「あ、あのね……、璃子は」

電話を奪ったお母さんは、言いにくそうに聞いてきた。

「なに？」

嫌な予感がした。

まさかお母さんも聞く？

「恋人とかいないの？　お母さん、璃子が一人で死ぬのかと思うと、何もしてあげられないのが申し訳なくて……」

お母さんが涙声になった。

さっきのお父さんとの会話を聞いていなかったのだろうか。

お父さんとおんなじこと聞いているよ。夫婦だねえ。というか、わたしが心配かけているだけか。

「……最近、恋人ができたよ。安部孝太郎さんっていうの。だから、大丈夫。一人じゃないから」

「ほんと？　よかった。じゃ、その人、孝太郎さんと過ごしなさい。璃子には残りの人生、幸せでいてほしいわ」

お母さんはこそっと受話器にささやいた。

「わかった、連絡してみる。お父さんにもおんなじこと言われたよ」

わたしがそう言うと、お母さんの笑い声が聞こえた。

「安部孝太郎さんってどんな人？　今度連れてきなさいよ」

「うーん、優しくて、大きくて、いい人だよ。わかった。また今度ね」

「璃子がいいと思う人なら、きっといい人よ。会えるのを楽しみにしてるわね」

次に帰省する約束をさせられた。

お母さんは「また電話をかけるね」と言って切った。

これから弟の家にもかけるのだろう。弟は転勤して東北にいる。そういえばうちの家族は日本中に点在していたんだなと改めて思った。

弟にも「大丈夫？　元気？」くらいのメールをしておいてやろう。姉として。一応。

しかし、こういう時って、なんて書けばいいのか。

わたしはため息をついた。


孝太郎は何をしているだろう。今ごろ親に電話をしているだろうか。

孝太郎に今すぐ会いたくなった。

孝太郎はまだ自宅にいるだろうか。

孝太郎は隣の駅近くのアパートで一人暮らしをしている。孝太郎の会社はわたしの勤める会社の近所にある。

孝太郎に「大丈夫？　会いたい」というメールを書いては消してを繰り返す。もっとうまく気持ちを伝えたいのに、文字では伝えられない。悩んでいたらスマートフォンの着信音が鳴った。

「もしもし？」

孝太郎だった。

「璃子？　大丈夫？　なんともない？」

「うん、今朝起きてびっくりしたね」

「俺もだよ。地球滅亡だって」

孝太郎はため息まじりに笑った。

「嘘《うそ》かと思ったよね、地球がなくなるなんて」

「そっちって、どう？」

孝太郎が心配そうな声で聞く。

「どう？　って、救急車とか消防車のサイレンは鳴っていたけど、平和だよ。パトカーもさっき通ったけど、事件はこの辺じゃないみたい」

「よかった。暴徒化してるところもあるみたいだからさ。璃子は一人で外にでるなよ、危ないから。地球最後の日につまらない思いはしたくないだろ？」

「え？　暴徒化？」

「人生、やり残したことをするんだって」

「ふーん。なるほど」

残りの人生、それもありなのか。考えてもみなかった。

でも、人様にご迷惑かけるのはどうなんだろう。

お母さんの言葉を思い出す。

万が一ってこともある。希望は捨てちゃいけないのだ。

「もしかすると、これから停電するかもな。電話も通じなくなるかも」

「そうかもね」

それなら、今のうちスマートフォンを充電しておかないと……。

「璃子は実家に電話したのか？」

「うん、電話したよ、大丈夫」

部屋の中を見渡し、ほかにするべきことがないか考えた。

「璃子。俺、いまね、璃子んちの前。会いたくなって来た」

わたしはあわてて玄関を開ける。

孝太郎が立っていた。

うれしくなって孝太郎をギュッと抱きしめる。孝太郎は冬のにおいがした。頰を擦《こす》り付けると孝太郎の頰は冷たかった。ひげがチクチクして痛かった。


「璃子んち、あったかいな」

「ふふふ、日中は陽《ひ》が入るからね」

「今日は会社休みかな」

「きっとね」

心配そうに孝太郎が話す。真面目な孝太郎はコートにジャケット、スラックス姿だ。コートとジャケットをハンガーにかけて、窓を見る。

二人の懸案事項は会社に行くかどうかだ。

「会社に電話した？」

「まだ」

「俺も」

孝太郎がスマートフォンを見る。

「八時になったら電話してみる？」

「うん、そうだな。一応……」

「誰か来てるかもしれないもんね。あと十五分だし。八時に会社に来てるとしたら、誰だろうな。こんな日だもんね」

テレビで時刻を確認すると、ゲストの天文学者とコメンテーターはもういなくなっていて、メインキャスターだけになっていた。

この人は人生の最後に仕事をとったのかもしれない。

「ねえ、会いに来てくれてありがとう」

「どういたしまして」

彼はまたわたしをギュッとハグした。

人生最後の日にわたしと過ごすことを選んでくれてありがとう。

涙が出そうになった。

「そういえば電車は止まっていたよ」

「そうなんだ。じゃ、孝太郎は歩いてきたの？」

「ううん、自転車。大通りは車で渋滞していたよ」

「みんな最期をどう過ごすのかな」

孝太郎とわたしは抱き合ったままベッドに座った。

「テレビとかラジオとかの放送も、最後の時間にはなくなっているかもね」

テレビはまだやっていて、メインキャスターは一人で、今度は隕石の説明をしていた。

画面が変わり、政府の人のビデオメッセージが流れた。

「みなさん、落ち着いてください。今日は地球最後の日です。どうかあなたはあなたの大切な人と過ごしてください。素敵な一日にしてください」

　わたしと孝太郎は暗い気持ちになり、そっとテレビを消した。

　メインキャスターも早く誰かのもとに帰ってほしいと願った。

「朝ごはんはもう食べた？」

　孝太郎が立ち上がって、台所へ向かう。孝太郎はしょっちゅううちに来ていたので、勝手がわかっている。やかんに水を入れて、コンロに火をつけた。

　孝太郎はリュックから「何がいい？」とアールグレイの紅茶、金木犀《きんもくせい》のお茶、高級そうなコーヒー豆、ココアを取り出した。自分の部屋から持ってきたという。ちなみに金木犀のお茶は彼のお手製だそう。アパートの大家さんから金木犀の花をもらって作ったらしい。

「すごい。いっぱいあるね」

「俺の趣味」

「知らなかった」

「ゆっくり知ってほしかったけどね」

　孝太郎はわたしにキスをした。唇がすこしカサっとしていた。外を走ってきて、唇が乾燥したのかもしれない。

わたしは孝太郎のかわいそうな唇をぺろっとなめた。

「んん？」

「乾燥していたよ」

「それってなめたら逆効果なんじゃない？」

孝太郎は目を細めた。

「じゃ、リップつけてあげる」

「お茶飲んだらね」

もうすぐ八時だ。

林田《はやしだ》さんなら真面目だから会社に来ているかもしれないな。毎日早く出社しているもの。それとも、地球滅亡の日だから林田さんも休みだろうか。林田さんは結婚していたはずだから、家族といたいだろうに。

でも、もし会社に誰もいなかったら、誰に欠勤すると伝えればいいのだろう。

考えたけれど、わからなかった。

「プルルル、プルルルル」

とりあえず会社に電話をしたが、誰も出なかった。

みんな、大事な人と最後の時間を過ごせますように。

わたしは電話を切った。

なんだかホッとした。

林田さんも人生最後の日を家族と楽しむのだろう。ぜひそうしてほしい。

「俺の会社もやっぱり誰もいなかったよ」

孝太郎も電話を切る。

「万が一生き残っても、着信履歴があるから、俺たちは無断欠勤じゃないもんね」

孝太郎はペロッと舌をだした。

なるほど。確かにその通りだ。

「ねえ」

孝太郎は「どうした？」と答えた。

「今から人類滅亡まで五時間なんだって。何する？」

孝太郎は黙ってメガネを押し上げた。

「孝太郎はさ、セックスしたい？」

ドキドキしながら聞いてみた。大事なことだよね。

「うーん、どうかな。そんな気分じゃないな」

「そっか」

「璃子はしたかったの？」

孝太郎が聞いた。

「うーん、そういう選択肢もあるかなって思った。映画とかであるじゃん？」

「うん。そうだね。でもふたりで一緒にいられれば、俺はいいかな」

「じゃ、この問題は解決」

わたしが言うと、孝太郎は微笑《ほほえ》んだ。

「あと何が問題なの？」

孝太郎はいたずらっ子のような目をする。

「どこで最期を迎えるかかな」

わたしは真剣な顔で答えた。

「うーん、俺的にはこの部屋でもいいけど」

「そっか。じゃ、今からこの部屋に五時間こもるの？」

「それもなあ……」

孝太郎も悩んでいる。

「テレビも面白くないしね」

「じゃ、散歩にでも行くか」

「そうだね、地球最後の朝の散歩。いや、冒険かな？」

少しふざけて言うと、孝太郎もうんうんとうなずいた。

玄関を開けると、冷たい風がなだれ込んできた。

部屋に戻りたくなったのは内緒だ。背筋がぶるっとした。

「巨大隕石が来るから、寒いのかな」

「いや、冬だからじゃないか？」

孝太郎は淡々と話す。こういう非常時でも感情の波が激しくなく、いつも通りなのは好ましい。

ダウンジャケットを着たけれど、部屋に手袋を忘れてしまった。

「手が冷たくなってきた」

両手に息を吹きかけるがちっとも温かくならない。

しかたなくダウンジャケットのポケットに手をいれようとすると、孝太郎が「どうぞ」と言って、自分のコートのポケットに手をいれさせてくれた。

孝太郎の体温はあったかかった。「ふふふ」とわたしが笑うと、孝太郎は照れくさそうにした。こんな日も意外に悪くない。

街は閑散としていた。

もうみんなはこの街を見捨てたのだろうか。線路沿いに目をやると、遠く向こうの街のほうで煙が見える。

「ああ、あの辺で暴徒化してるのかもな」

孝太郎がぼそっとつぶやいた。

「こわいね」

わたしも同意する。

川のそばを歩いていると、ジョギングする人を見かけた。川の向かい側で犬の散歩をしている人もいる。

この人たちはいつも通りの生活の中で死のうとしているのかもしれないな。

心がぎゅっと切なくなった。

しばらくすると、風にのってパンの焼けるにおいがしてきた。

「いいにおいだね」

「あっちに行ってみよう」

わたしたちはパン屋を目指して歩いていった。

こんなところにパン屋があるなんて知らなかった。

もっといろんなところを歩いておけばよかったな。朝も帰りも会社と家を往復するだけだったから、ぜんぜん気が付かなかった。

朝ごはんは食べたのに、なんだかお腹《なか》が空《す》いてきた。

パン屋の朝は早い。だからきっとあのニュースの前に仕込んでいたにちがいない。パンを焼いている時に、地球最後の日だと知ったのだろう。

パン屋の主人はパンを小さな袋に詰めて、店先に並べていた。

バターが焼ける、香ばしいにおいが辺り一面漂っている。もしかするとまだ新しいパンを焼いているのかもしれなかった。

「ねえ、パン、買っていこうか」

おいしそうなにおいに耐えきれなくなって、孝太郎に提案する。

「そうだな」

孝太郎も賛成した。


わたしたちがパン屋の主人に近づくと、彼は青ざめておびえた。

「お金はないですよ……？」

どうやらわたしたちが強盗に見えたらしい。

失礼だな。そんなに凶悪そうなカップルに見えたんだろうか。

「パン、ください」

ちょっとムッとしながら言うと、パン屋の主人の顔色がよくなった。

「はい、じゃ、これね」

パン屋の主人がいろいろな種類のパンが五つ入った袋を三つくれた。お得である。

「お金は？」

「いらないよ。強盗とまちがえてすまなかったね」

パン屋の主人ははずかしそうにした。

「そんな……。もし地球が滅亡しなかったらどうするんですか!?」

「考えたこともなかった」

パン屋の主人は明るい表情になった。

「そうでしょ？　じゃ、千円でいいですか」

わたしの問いにパン屋の主人は首を振った。

「では、百円で」

パン屋の主人は口角を上げた。

「わたしはパンを焼くのが好きでね。今日もパンを焼くことができて本当に幸せだった。わたしには大事な家族もいる。だから百円で」

孝太郎はうなずいて、財布から百円玉を取り出した。

「ブー」

パン屋の奥でオーブンのブザーが鳴った。

パン屋の主人は反射的に後ろを振り向いた。

「何が焼けたんですか？」

このにおい！　尋常ではないバターの香り。絶対おいしいにちがいない。

「クロワッサンだよ、好きかい？」

「はい！」

パン屋の主人は、わたしの前のめりの返事を聞いて、うれしそうにした。

「持ってくかい？　このクロワッサンは贅沢《ぜいたく》だよ。うちにある最高のバターと小麦粉を惜しみなく使った逸品だ」

「はい！」

速攻で答えた。

クロワッサン、大好きだ。

孝太郎とパン屋の主人は吹き出した。

パン屋の主人はクロワッサンを紙で包んで差し出した。

こんがりと焼けた表面が、わたしに食べてと誘いかける。

お行儀が悪いと言われそうだけど、構うものか。

今日は地球最後の日。

焼き立てのクロワッサンにマナーは敗北した。

わたしはその場で一口かぶりつく。

パリパリ、サクサクと上の皮が口の中で割れていく。中からバターの香りと旨味《うまみ》がじわーっと溢《あふ》れ、しっとりとした生地に到達。

数回噛《か》んでそのまま飲み込んだ。

もっともっと食べたかった。

わたしが夢中で食べていると、孝太郎も食べ始めた。

孝太郎もサクサクと音を立てて、道路にパンくずを落としながら食べていた。

「うまい」

「おいしいです」

パリパリ、サクサク。じわー。ああ、なんておいしいんだろう。コクのあるバターの塩味が効いている。

食べ終わって、パン屋の主人の顔を見ると、目には涙が滲《にじ》んでいた。

「最後の日に、いい笑顔が見れてよかった……」

パン屋の主人は泣いた。

それから「これもおまけ」と言って、袋いっぱいのクロワッサンもくれた。

「クロワッサンにはカフェオレだよね」

孝太郎と協議して、家に帰ることにした。わたしたちの冒険は終わった。

孝太郎はコーヒー、わたしはカフェオレ。家でゆっくり逸品クロワッサンを味わいたい。

途中、悲鳴を上げながら逃げていく人とすれ違った。

「どうか穏やかな最期を」

わたしはそっと祈った。

暖かい部屋で、コーヒーとカフェオレと大量のパンを食べた。

実家に電話をしたけど、もう繋がらなくなっていた。朝、声を聞いておいてよかったと思った。

わたしと孝太郎は抱き合って昼寝をした。孝太郎にくるまれ、目を閉じると、いつものデートのお泊りのようだった。

どうしてこんなことになったんだろう。でも、悪くない死に方だ。

お腹も満ちて、心から愛する人がそばにいる。幸せだった。

ふと目が覚めた。時計は午後二時をさしていた。

ここは天国？

パンとコーヒーのにおいがした。

テーブルを見ると、空っぽのパンの袋にカップが二つ置いてある。

ずいぶん天国は生活臭があるところだなあ。

右手のスマートフォンで時間を確認すると、やっぱり午後二時だった。

「孝太郎？　孝太郎？　起きて」

孝太郎を軽くゆする。

「璃子、もうちょっと寝ていよう」

寝ぼけている。

「ねえ、わたしたち、生きているよ。生きている」

強く揺さぶると、

「え！」

孝太郎は飛び起きた。

テレビをつけると、朝のメインキャスターがまだ出ていた。

「奇跡です。奇跡が起きました。世界が一つになってがんばったおかげです。巨大隕石の軌道を変えることに成功しました」

スマートフォンでもニュースを確認する。

やっぱりわたしたちは助かったようだった。

「生きている」

結局、地球は滅亡しなかった。

「会社に電話しておいてよかったな」

孝太郎はホッとした顔になった
それからわたしたちは結婚することにした。

それからそれから、あのパン屋の前は避けて通ることにした。あの時のパンは、百円では安すぎて、パン屋の主人も今ごろ後悔していると思ったから。

地球滅亡事件が落ち着いたころ、あのパン屋がテレビに出ていた。「人生最後に食べたい逸品クロワッサン」が大人気らしい。

観覧車

田崎弘玖

観覧車　回れよ回れ　想《おも》ひ出は　君には一日《ひとひ》　我には一生《ひとよ》
栗木京子『水惑星』（雁書館、一九八四年）

部活で使っている地学準備室のドアを開けると、一首の短歌が書かれた紙がホワイトボードに貼ってあった。読んでみると、中学生のときに教科書で見たことのある歌だった。

「おっす」

という声とともに藤原奏多《ふじわらかなた》が入ってくる。奏多もホワイトボードの歌を見て、じっと固まる。そして、少しうんうん唸《うな》った後、通学鞄《かばん》を床において、椅子にすとんと座った。

「いよいよ、だな」

奏多が挑戦的な目で見てくる。

「明里《あかり》はこの歌、元々知ってた？」

「中学の教科書に出ていたからね」

「ふうん」

その反応を見るに、奏多は知らなかったのだろう。でも、これはそんなに大きなアドバンテージにはならないことは、二人ともわかっていた。先輩から聞いていた話では、この勝負はお題が発表されてから三週間ほどの猶予があるはずだった。

あれこれ解釈を考えていると、ドアが勢いよくガラガラと開いた。

「やぁ、明里、奏多。お題は見てくれたかな？」

小山内《おさない》先輩は開口一番、ニコリとしながら勝負の開始を宣言する。

「じゃあ、文歌部の次期部長決め勝負の開始です！」

小山内先輩は人差し指を立て、ビシッとポーズを決めながらそう言った。

＊＊＊

東京都と神奈川県の県境を流れる川は、境川《さかいがわ》と呼ばれる。この境川を臨む私立下鶴《しもつる》間《ま》高校には、昔は生徒全員が部活に入部しなければならないという規則があったらしい。その頃からいる先生たちの多くは、今でも部活への入部を強く推奨していて、

「三年間、部活動を頑張ることで人間的に成長できる」

という根拠もない信条を掲げていた。夏を迎える直前の今でさえスカートのウェスト部分を折るくらいしかできない明里にとって、入学当時に部活動をしないという選択肢はないに等しかった。とはいえ身体《からだ》を動かすのは苦手で、中学でも帰宅部だった明里が入ることのできる部活は限られていて、その中で最もマシだと感じたのが「文歌部」だった。

下鶴間高校にはその昔、文芸部と短歌・俳句研究会があったのだが、入学者の減少と部活動の強制入部がなくなったことで次第に人が減っていき、統合されたのがこの「文歌部」らしい。文芸の文と短歌の歌で「文歌部」。明里が入部した当時は三年生の先輩が五人在籍していたのだが、去年無事に下鶴間高校を巣立って行った。その際に聞いたのが、伝統的に受け継がれている部長の決め方だった。


「もう知ってると思うけど、改めてルールを説明するね！」

小山内先輩はノリノリでホワイトボードの前に立ち、マーカーを手に取った。

「先輩、楽しそうですね」

奏多が遠慮なく突っ込む。元々、少人数の部活というのもあって、先輩後輩の仲は良かったが、私たちの代は人数が少なく、特にそれが顕著だった。

「だって、去年は私一人だけだったからね」

小山内先輩が寂しそうに呟《つぶや》く。

明里と奏多の一つ上の学年には、二人の先輩がいたのだが、そのうち一人は去年からほとんど顔を見せず、幽霊部員になっていた。そのため、部長は必然的に小山内先輩に決定したのだった。

文歌部へ入った当初、明里や奏多の入部を一番に喜んでくれたのが、当時二年生の小山内先輩だった。明里が小山内先輩に抱いた第一印象は、いかにも文学少女という感じだった。三つ編みおさげで丸いメガネ。雨の日に文庫本を読んでいるその姿を見たときは、神々しさまで感じた。しかし時間が経《た》ちだんだんと喋《しゃべ》るようになるにつれて、小山内先輩の快活さ、明朗さを知ることになった。特に意外だったのは中学時代は陸上部のエースだったという噂《うわさ》で、本人は、

「エースは大袈裟《おおげさ》よ。単に走るのが速かっただけ」

と言っていたが、その後、同じ中学出身で小山内先輩のファンだという話を複数の女の子から聞いた。今でも、文歌部で一緒だというと羨ましがられることも多い。明里が文歌部に入ることができて良かったと思う理由の一つは、小山内先輩と一緒の時間を過ごせたことだった。だからこそ、この勝負は負けられない。

「ルールは単純で、この短歌の解釈を考えて欲しいの。期間は、伝統に倣って三週間に

しましょう」

　小山内先輩がルール説明を続ける。

「勝敗はどうやってつけるんですか？」

　奏多が訊《たず》ねる。明里も先輩づてでしか聞いたことがなく、気になるところだった。

「いつもなら上級生、つまり三年生が匿名で投票をして決めていたんだけど、今年は私しかいないからね。私が面白いと思った方に部長をやってもらおうと思うわ」

「面白い、ですか」

「そう。この勝負で評価されるのは、ひとえに面白さよ」

　明里と奏多が顔を見合わせる。面白さ、というのはかなり曖昧だし、人によってもだいぶ違いそうだ。

「それと、今回は特別ルールを用意しています」

　と改まった顔で小山内先輩は言う。きっとロクでもないことに違いない。

「この歌は、恋愛の歌として解釈してもらいます。つまり、恋人か、そうなりそうな仲っていうことね」

　小山内先輩は嬉《うれ》しそうに「キャッ」と笑った。この人は、本当に楽しんでいるんだな、と明里は思う。

「じゃあ、それまで文歌部の全体での活動は何もなし！　以上、今日は解散！」

そういって先輩は去っていった。先輩は今年で三年生ということもあり、最近は部活動に顔を出すことも少なくなっていった。季節はもう六月半ばで、受験生にとっては勝負の夏と言われる夏休みを一ヶ月後に控えている。先輩は塾やら何やらに通っているみたいだけれど、二年生の明里と奏多には、受験なんてまだ先の先だ。二週間後にある定期テストですら、どこかやる気を出せないでいる。

今年の梅雨は雨が降らず、ここのところ晴れの日が続いていた。明里と奏多が残された地学準備室は、西日が差し込んでオレンジ色に染まっていた。

＊　＊　＊

次の日、明里が地学準備室のドアを開けると、すでに奏多がきていて、何やら本を読んでいた。地学準備室は上等なソファが一台あり、先に入ってきた方がそのソファを独占できる。奏多は明里が入ってきたことに気がつくと、読んでいた本の背表紙を向けて、

「いいだろ」

と言って笑った。

見るとそれは、例の短歌の作者の短歌集だった。図書室から借りてきたものだろう。

「ずるい」と言おうと思ったがやめた。別にずるくはないし、むしろ短歌を読み解く上

でその作者の短歌を読むのは正当な手続きと言えた。

「三週間ずっと借りっぱなしにするつもりじゃないでしょうね」

「まさか。一通り読み終わったら返すよ」

そう言って奏多はまたページを繰り始めた。その様子からして、今回の勝負は奏多もかなり気合が入っているようだ。

奏多が文歌部に入部してきたのは、明里が入部をしたすぐ後のことだった。担任の先生から部活へ入れという圧をかけられていたらしく、また、奏多の姉が元文歌部だったということもあって入部を決めたらしい。身長が高くて目つきが鋭く、割とがっしりとした体型の奏多は、最初こそ孤立気味だったが、だんだんと時間が経つにつれて部に馴《な》染《じ》んでいった。特に当時の三年生の先輩は奏多の姉を知っていた世代で、最初は「藤原くん」と呼ばれていたのに、いつの間にやら「奏多」と下の名前で呼ばれ、可愛《かわい》がられていた。

明里がSFや推理小説を読むのに対して、奏多は青春小説や恋愛小説をメインに読んでいるようだった。ジャンルがかぶることのない分、本の貸し借りなどをたまにしたりしていた。小山内先輩はといえば、もはや乱読に近いような読み方をしており、純文学からライトノベル、果てはオカルト雑誌まで、活字であればなんでもござれという感じだった。

特にやることもないので数学の宿題に手をつけていると、ひと段落ついたのか奏多が、

「なぁ」

と声をかけてきた。顔を上げて時計を見ると、準備室にきてからもう一時間が経とうとしていた。

「あの歌、恋愛の歌じゃないとどういう読み方ができるのかな？」

奏多がホワイトボードを指差す。例の歌のことだ。

「それ、解釈のヒントにならない？」

明里が怪訝《けげん》そうにしていると、奏多は、

「カタいこと言わずにさ」

と笑った。明里も微積分にいい加減うんざりしていたところだったので、おしゃべりに興じることにした。少し間をとって、考えを整理する。

「まず一つは、親子かな」

「それは俺も思った。子どもにとっては大きくなって忘れてしまうような、一日の思い出だとしても、親である自分にとっては一生心に残っているよ、って感じかな」

奏多のその解釈は、授業中に明里が思っていたまさにそのものだった。親子であれば、「君には一日」であり、「我には一生」であるということは十分にあり得そうだった。

「もう一つは、老夫婦ってバージョンかな。これは、恋愛に近いかもしれないけど」

奏多がわざとらしく驚いてみせた。思いついているのかどうかわからないけど、言い出したのだから説明する。

「読み手は、長年連れ添ったおばあちゃん。おじいちゃんはアルツハイマーで記憶が一日くらいしか持たないの。それで、おじいちゃんはもうその観覧車に乗った思い出を忘れてしまっているんだけれど、おばあちゃんの中にはしっかりと残っているよ、みたいな」

説明し終えたところで、明里はこの解釈は悪くはないいんじゃないかな、と改めて思った。面白さで言えば、まずまずのはずだ。

「それ、若年性のアルツハイマーにすれば恋愛で使えそうだな」

奏多がニヤッと笑った。それに対して明里は、納得のいかない点を口にする。

「でも、どうだろう。恋愛の歌として面白いかって言えば、まぁわかんないよね」

「じゃあ、とりあえず保留かな」

他にはあんまりいいのが思いつかなかったので、明里は黙っていた。少しの沈黙の後、奏多が疑問を口にする。

「わかんないのは、『回れよ回れ』の部分なんだよな」

「どういうこと？」

「さっきの記憶の中の観覧車ならまだしも、もし実際に乗っていたら『回れよ回れ』ってなんだかおかしい気がしないか？」

確かに、言われてみればそんな気もする。これがコーヒーカップならまだしも、観覧車は普通、一周してしまったらそれで終わりだ。この歌だと、終わって欲しいのか、欲しくないのか、よくわからない。

「確かに、アンビバレントよね。記憶の中の観覧車ならおかしくは……ないかもしれないけど」

明里はさらっと答える。もしかしたら敵にヒントを送ってしまったかもしれない。その思いが表情に出たのか、奏多が慌てた様子で答える。

「安心してよ。これは本番では使わない。本当に」

使ってもいいよ、とは言えなかった。一応、これでも真剣勝負なのだ。ふと疑問に思って奏多に訊ねる。

「奏多って、なんで部長になりたいの？」

虚をつかれた質問だったのか、奏多はうーんと唸り声を上げる。

「どうだろう。なんかあんまり考えてなかった。勝負って言われたから、とか？」

曖昧な返事が返ってくる。

「明里は？」

「私は、小山内先輩のあとを継いでみたいって気持ちが強いかも。あとは部長になったら部費で好きな本を買えるかもしれないし」

「それ、思いっきり職権濫用だから」

奏多は笑った。お互い、理由はどうあれ真剣なのだ。これは言わなかったが、大学推薦を受ける場合、部活の部長をやっていると有利に働く場合もある。もちろん、関係ないこともあるのだけれど、プラスになる可能性があるなら、やっておいた方がいいはずだ。文歌部の部長はほとんど仕事はないし、その意味でも「やり得」だということは、小山内先輩の口から聞いていた。

「恋愛の歌、か」

奏多がつぶやいた。明里は歌集なども読むようにしていたが、愛の歌や恋の歌は苦手だった。ベタッとしたような肌触りの歌が多く、好みではないと感じたのだ。うーんと唸っている奏多も、普段からあまり短歌や俳句を嗜《たしな》んでいる様子はない。その意味では、今回の勝負は同じスタートラインに立っているといってよい。

「お互い、頑張りましょ」

言ってはみたものの、明里は何を頑張ればいいのか、よくわかっていなかった。とりあえず、目の前の宿題を片付けるところから始めることに決めた。

＊
＊
＊

「朝ごはん食べないの？」

というお母さんの言葉に答える余裕がなくて、パンを頬張りながらふがふがと「今食べてる」と返事をした。明里は朝が弱く、いつも時間ギリギリになってしまう。慌てて壁掛け時計を見る。もうすぐ家を出なければ、朝のホームルームに遅れてしまう。ヨーグルトを流し込むようにして食べる。鞄のファスナーを勢いよく閉めたところで、昨日読みかけだった小説がベッドに置きっぱなしになっていることを思い出す。ちょっと迷ったけど、自分の部屋に取りに行く。これがないと、電車の中で暇を持て余す。

家を出て駅に着いた時、ちょうど電車がきていた。勢いよく電車に滑り込み、髪を挟み込まれそうなほどギリギリでドアが閉まる。間に合った。この電車に乗ればもう安心だ。息と髪を整えて、手に持った本の表紙を見つめる。

明里はよく、本を読んだまま寝てしまうことがあった。面白い本やシリーズものにハマっている時は夜更かしをすることがしょっちゅうで、よくお母さんに怒られていた。一年生の時、歴史小説に夢中になって成績がガクッと下がった時は、家の中で読書禁止令が出されたほどだ。その時は部活の時にも勉強をして、頑張って成績を戻したっけ。

今、明里が手にしている小説は、時代小説だった。舞台は江戸末期。商人として生まれた主人公は、動乱の時代を知恵と勇気を胸に生き抜き、明治維新という世の中のうねりに巻き込まれていく。明里は読んでいる小説によって気分がコロコロ変わるのを自覚していた。学校の最寄り駅に着くまでの数十分の間、明里の心は新しい時代の夜明けを見つめる、風雲児の魂と重なった。

「次はー、町田《まちだ》、町田」

というアナウンスで急に現実に引き戻されるまで、学校のことも、観覧車の歌のことも忘れて、ただぼんやりと一人の世界に浸っていた。


朝のホームルームには間に合ったけれど、午前中の授業は睡魔との戦いだった。関東の六月は暑くもなければ寒くもない、居眠りにはちょうどいい時期だ。授業が苦手な数学だったことと、昨日読書で夜更かしした影響も相まって、明里はずっとうつらうつらしていた。本当なら例の短歌について色々考えたいことがあったけれど、後でいいやと思っているうちにお昼休みになってしまった。

お昼ご飯は教室で食べることもあれば、地学準備室で食べることもあった。教室で食べるときは、大体同じクラスの千紗《かずさ》ちゃんと一緒にお弁当を食べる。千紗ちゃんは背が高く、二年生ながらバレー部で活躍していた。バレー部はそれなりに強豪らしく、お昼休みに練習をしたりミーティングをすることもままあった。明里は地学準備室に行っても一人にならないということもあって、一年生の時からずっと誰かしらと一緒にお昼ご飯を食べていた。

今日も、千紗ちゃんは、

「ごめん、ミーティングがあるんだ」

と言って、チャイムが鳴ってすぐ、颯爽《さっそう》と廊下を駆けて行った。揺れるスカートを見ながら、明里はカッコイイなと思った。

仕方ないので、お弁当を持って地学準備室に向かう。本当は準備室での食事は禁止されているのだけれど、文歌部の人しかこないし、黙認されている。

準備室に向かうと、話し声が聞こえてきた。なんとなく忍び足で近づくと、小山内先輩と奏多が話している声が聞こえた。例の短歌の件で何か聞いているのだろうか、という考えが頭をよぎったけれど、すぐにそれを否定する。奏多はそんなことはしない。聞き耳を立てるけれど、小さな声で喋っているので、「今度の日曜」とか「電車で」とかいう単語しか聞き取れない。ずっとじっとしているのも居心地が悪くなったので、ちょっとドアから離れて、わざと音を立てて教室に近づいていき、ドアを開けた。

普通に入ったつもりだったけれど、奏多が勢いよくこちらを振り返った。明らかに、

何か、マズい、という顔をしている。一方の小山内先輩は全く表情を崩さず、

「あら、明里。今日はお昼はここで？」

と聞いてきた。奏多だけに隠し事があったのか、小山内先輩がポーカーフェイスなのかの判断はつかない。

「あ、はい」

いきなり話を振られて、間抜けな声が出る。


「今度の日曜さ、明里は時間ある？」

一呼吸おいて、聞いてきたのは小山内先輩だった。

「暇ですけど」

「じゃあ鶴間ランド行かない？」

鶴間ランドは、学校の最寄り駅から三駅隣にある、比較的大きな遊園地のことだった。地元の中学生、高校生には特に人気で、カップルや友達同士で行ったという話はよく耳にする。明里は中学の卒業式で友達と行ったきりだった。

「イイですけど。先輩は受験、大丈夫なんですか？」

「それは、まぁ。なんとかなるでしょ。文歌部の思い出づくりということで」

「文歌部で行くんですか？」

文歌部で、というと、ここにきてないメンバーも集めるつもりだろうか。明里の心配を先読みしたように、小山内先輩は答える。

「いや、メーリス回してる時間もないし、この三人で行こうか」

奏多の方を見ると、何も言わないで突っ立っていた。明里の目線に気がついてようやく、

「イイですね」

と口にした。いきなり今週の予定を聞かれて暇なのは、青春真っ盛りの高校生としてどうかと思ったけれど、それは明里も同じだったので茶化さないことにした。

「じゃあ、そういうことで。集合は、鶴間ランド前駅に十時でいいかな？」

「もう少し遅い方が助かります」

「じゃあ十一時で！」

その日はそれで解散になった。明里はお昼をかき込むように食べて教室に戻った。その途中で、準備室で奏多と小山内先輩が話していたことは、遊園地のことだったのだろうかと思い返していた。

＊＊＊

日曜日は、あっという間にやってきた。時間というのは、忙しい時には飛ぶように過

ぎてしまう。新部長を決めるための短歌の解釈の発表まであと二週間と少ししかなかったけれど、明里は全くと言っていいほど良いものが浮かんでいなかった。ありきたりな解釈はできるし、突飛なことも言えそうな気がする。でも、新鮮で〝面白い〟ものは、まだ考えつかない。通学の電車やお風呂でどうしようと首を捻《ひね》って考えてみても、何も浮かんではこなかった。それにテスト勉強にも追われていて、なかなか集中して考える時間がない。

遊園地の最寄り駅に着いたのは、十一時五分前だった。奏多も小山内先輩も同じ電車に乗っていたようで、自然と集合できた。当たり前なのだが、奏多も小山内先輩も私服だった。奏多は黒のジーンズに白のスタンドカラーのシャツ、小山内先輩は薄いグリーンのワンピースだった。奏多の印象がいつもとは違うと思っていたら、奏多もメガネをかけていた。制服を着ていない奏多と小山内先輩は、明里の知っている二人とは、ちょっとだけ違う。小山内先輩は、少し底の厚いシューズを履いているせいか、いつもよりも少しだけ目線が高い。駅のホームから出ると、大きな観覧車が目に入る。

そうだ、そういえば鶴間ランドには大きな観覧車があることでも有名だった。中学の時に乗ったかどうかについては、明里は覚えていなかった。

「そう、今日の最後にはあれに乗りたいと思います」

くるりとこちらを振り向いて、小山内先輩は言った。ワンピースの裾がふわりと開く。

小山内先輩はやけにハイテンションだ。受験で相当ストレスが溜《た》まっているのかもしれない。明里は、観覧車に乗るまではあれこれ考えるのをやめようと思った。

「イイですね、まずはどこに行きます？」

マップを開き、あそこに行こう、その後はここにと作戦会議が始まった。

日が暮れ始めた頃、明里たちは心地よい疲れを感じていた。小山内先輩は同じジェットコースターに何回も乗りたがったし（結局、明里と奏多は二回でギブアップした。小山内先輩は三回乗ってもまだ乗りたそうだった）、奏多はお昼の時間にやっていた動物専門学校生のヤギショーに手がジーンとしそうなほど強く拍手を送っていた。忙しい時間もあっという間だが、楽しい時間もすぐに過ぎる。ほどなくして、閉園一時間前のアナウンスが流れ始めた。

「いよいよ、だね」

小山内先輩が目を輝かせる。先輩のテンションは結局、最後まで上がりっぱなしだった。三人で、観覧車に向かって歩く。明里たちと同じように、最後に観覧車に乗って帰ろうとするお客さんが多いのか、家族連れやカップルなどが、小魚の群れのように観覧車を目指して歩いていた。観覧車は遊園地の東側にあったので、太陽を背にして歩く。観覧車はライトアップされ始めていて、緑や青、赤に光っていた。

「こんなに人がいたんだね」

「ね。休日にしては空《す》いていたように思ったけど」

少し先を急いで歩いている小山内先輩を見ながら、明里は奏多に話しかける。小山内先輩は先ほどからホップステップをしていて、まるで子どもを連れて歩く夫婦のようだねと笑い合った。

それを見て、

「なになに？」

と言った先輩が面白くて、また二人で笑い出してしまった。

観覧車の下には人が溜まっていて、列ができていた。それとなく後方に並ぼうとすると、小山内先輩が意外すぎる一言を放った。

「二人で乗ってきなよ」

「は？」

と明里は思わず声を漏らした。あれほど楽しそうにしてたのに、なんで。そう言おうとして奏多の方を見ると、先ほどまでの笑顔はどこへやら、青い顔をしていた。

「先輩、あの」

奏多が必死そうに抵抗するが、こういう時の先輩は引かない。

「とにかく、来年からは二人なんだし、二人で行ってきなよ」

と強引に列に並ばせて、本人は列を離れてしまった。

観覧車の乗り場に近づくにつれて、当たり前なのだけれど、改めて大きな建造物だと、明里は思った。駅ビルよりは、もちろん小さい。けれど、この小さな個室に乗り込んで空を横切るだけにしては、いささか大仰ではないかと思う。口数のめっきり少なくなった奏多の方を見ると、何やら不安そうな、不満そうな顔をしていた。お弁当に嫌いなピーマンが入っていた時のような顔。

「そんなに先輩と乗りたかったの？」

「ちが、いや……」

その顔を見た時、あの歌がふと明里の頭の中に浮かんだ。

観覧車　回れよ回れ　想ひ出は　君には一日　我には一生

明里は今日一日、楽しんでいる自分がいることに気がついていた。もしかしたら、知らず知らずのうちに、これまで意識しないようにしていたのかもしれない。でも、やっぱり、奏多はいいなと思う。女子たちの間ではクールなキャラで通っているけど、感動ものの小説を読んだら結構すぐに泣いちゃうところもあるし、好き嫌いも多いし。でも、私の思っているほどには、奏多は私のことを意識していないのかもしれない。本当にただの友達で、奏多の好きな人は、下から観覧車を見てくれる、先輩かもしれない。

泣かないぞ、と思うと同時に、涙がこぼれそうになる。もしここで泣いたら、思い出には残るかもしれない。でもそれは、楽しかった思い出としてではなく、ちょっとしたハプニングとして。奏多の心のアルバムには、泣かれちゃった、困ったななんて注釈がつくかもしれない。それは、絶対に嫌だ。明里はなんとか堪《こら》える。奏多はこちらを気に掛ける様子もない。ついに先頭になって、係の人と目が合う。この人は、一日に何組のカップルを見送るのだろう、と関係ないことを思うように意識する。

「足元、気をつけてくださいねー」

という案内に従って、ゴンドラに飛び乗る。先に乗って手を差し出そうとして、奏多が摑《つか》んでくれなかったらやだな、と思ってやめる。そう思う自分も、嫌になる。明里と奏多は対角線に座った。気がつくと奏多がメガネを外していた。いつもの奏多だ、と明里は思って、少し緊張した。

ドアがバタン、と閉まると、ゴンドラ内のＢＧＭがやたらと大きく聞こえた。それ以外は静かで、静かに空を昇っていく。沈黙に耐えかねて口を開いたのは、明里の方だった。

「高いね。高校見えるかな」

「どうかな」

「前に友達が、見えたって言ってたんだよね」

「じゃあ見えるかもね」

そっけない。

「観覧車ってさ、悲しいよね」

着地点がわからないまま、明里は頭に浮かんだ言葉が口に出てくるのを止めることができない。

「ゴンドラは、昇って、あとは落ちていくだけじゃない。昇って景色が見えてよかったねと思える時間は一瞬で、そこからはもう悲しいだけじゃん」

「それは」

「それならさ、乗らない方が良かったかもって思ったことない？　今が最高と思える瞬間があったとして、その思い出を一生抱えながら、その輝きがだんだんとなくなっていくなんて」

耐えられない、と言葉を続けることができなかった。こんなの、楽しい思い出になるはずがない。それでも、もしかしたら何も思い出に残らないよりはいいかもしれない。奏多の心に、今日という日の記憶を確かに刻んでおくことができるのであれば、どんなに惨めになっても救われるかもしれない。そんな思いが頭の中に渦巻いて、結局黙ってしまった。寂しげなオルゴールの音色と共に、二人を乗せて、小さなゴンドラは夜の海を渡っていく。

いよいよ地上が見えてきて、星空のクルーズが終わりを迎える前に、ようやく奏多が口を開いた。

「ありがとう」

「何が？」

明里はつっけんどんな口調になるのを感じた。ここでその言葉は、ずるい。何も言えなくなってしまって、明里は精一杯の強がりで、

「じゃあ私も」

と返した。明里は自分が笑っているのか、泣いているのかわからなかった。

また案内のお姉さんに迎えられて、地上へ戻ってくる。なぜか足元がおぼつかず、ふわふわとなっている。奏多も同じようにバランス感覚をなくしたみたいに、真っ直《まっす》ぐに歩けないような様子を見せた。地球に帰還した宇宙飛行士が重力を懐かしむように、ふらふらと歩く。奏多と目が合って、また笑った。少し寂しさが引っ込んで、またやってきた。私は、観覧車に乗る前と同じように、笑えているだろうか、と明里は思った。何かが、決定的にダメになってはいないだろうか。ネガティブになりそうな頭の中のモヤを必死に振り払おうとする。先輩がスキップでやってきて、笑い合っている私たちを見

た。状況が飲み込めない先輩を見て、また私たちは笑った。

＊＊＊

それからの一週間は、矢のように過ぎた。考えることが多すぎて、目が回るような忙しさだった。テストのこと、あの日のこと、短歌のこと、それに奏多と小山内先輩のこと。ぐるぐると頭の中を渦巻いては、霞《かすみ》のようにふっと消える。もやもや、イライラ。そうしているうちに、それらは明里の中で一つになっていった。とにかく、今は短歌の解釈だ。それ以外のことを考えないようにして、でもやっぱり頭の中にチラついて、それを払《はら》い除《の》けながら必死に考えた。それにはやっぱり奏多のこともあったけれど、小山内先輩を渡したくないという思いもあったかもしれない。あれだけ憧れた先輩なのだ。全部を奏多なんかに独り占めさせてたまるか。先輩だけは、奏多に譲ってもいい。でも、先輩が残してくれた文歌部は、私がもらう。それでいいはずだとでも思わずには、やっていけそうもなかった。先輩に、選んでもらおう。小山内先輩は、採点の基準をなんて言ってたっけ。

「面白い解釈、か」

頭に思い浮かぶよりも先に、言葉が口をついて出た。面白い、というのはどういう意味だろう。少なくとも、通りいっぺんの、という意味ではないはずだ。もっと奇抜で。いや、違う。奇抜で自由な、そう、自由な解釈。私だからこそ思いつくような、あの夜を奏多と過ごしたからわかるような。

「観覧車　回れよ回れ　想ひ出は　君には一日　我には一生」

もうすっかり暗記してしまったその歌を口ずさむ。奏多も言っていたけれど、やはり回れよ回れ、の部分が難しい。なぜ、そうなのか。そうでなければならなかったのか。他に、奏多はなんて言ってたっけ。

次の瞬間、明里の頭の中で、点と点が繋《つな》がる音がした。いや、しかし。これはあまりにも突拍子もない。でも、もしそうなら確かに面白いかもしれない。そして、少なくとも奏多には絶対に思いつかないもののはずだ。そう思い、読み手の栗木京子のプロフィールを調べ始める。思い通りの、いや、それ以上の結果に思わず顔がニヤける。これはもらった。明里は心の中で小さくガッツポーズをした。

＊　＊　＊

「おーっす」

という声と共に地学準備室のドアが開いて、奏多が入ってくる。明里は居住まいを正す。この準備期間中、やれるだけのことはやった。奏多と目が合う。最近はお互い、家や図書室で作業をすることが多く、あまり会話をすることはなかった。外部の人から見れば単なる部活動の部長決めだけれども、私と奏多にとってはなかなかない対決の機会なのだ。

地学準備室には、微《かす》かにセミの声が届いていた。もう、空の色も雲の形もすっかり夏になっていて、梅雨明けまでは秒読みだった。電気を消した準備室には、妙な緊張感が漂っている。その緊張感をぶち壊すようにして、部長がゆるっと、

「じゃあ、第……何回だっけ？　まあいいや。文歌部の次期部長決め対決を開始したいと思います！」

と、どこかのレポーターみたいな口調で宣言した。マイクを持つポーズでカメラ目線をキメる。実際にはカメラなんてどこにもないんだけれど。

「まずはルール説明です。お題はこの歌の解釈です」

ホワイトボードに貼ってある歌を指差しながら、小山内先輩は続ける。

「勝敗は、どちらの方が面白かったかで決めたいと思います。審判は私、小山内由香里《ゆかり》が務めさせていただきます。よろしくお願いします」

めんどくさくなったのか、途中からやや投げやりな先輩は、口調をもとに戻して本題に移る。

「では、明里、奏多。どちらからやる？」

少しの沈黙の後、明里が手をあげた。

「じゃあ、私から」

先手をもらったのは、特に何か考えがあるわけではなかった。明里はホワイトボードの前に立ち、小山内先輩は先ほどまで明里が座っていた横の席に座った。

「では、始めたいと思います」

そう言って、一呼吸おく。そしてゆっくりと、この三週間、準備して調べて、考えてきたことを語り始めた。

「まず、解釈のルールについて確認しておきます。先輩は先ほど触れませんでしたが、大事なことが一つありましたよね」

小山内先輩は、あ、という顔をして答える。

「恋愛の歌で進めてっていうの、忘れてた」

「そうです。恋愛の歌という前提がありました。これに則《のっと》ると、この歌には少しおかしな言葉が含まれているのがわかると思います」

奏多の方を見る。言わんとしていることが伝わったらしい。

「回れよ回れ、の部分かな」

「そう。恋愛の歌で、これはよくわからなかった。だって、思い出を『君には一日　我には一生』っていうくらいなら、回らず止まれって思う気がしたから」

私は、回らずにいてほしいと思った、とは言わなかった。明里は続ける。

「不自然というほどではないし、正直、おかしいとまでは言いきれないかもしれない。例えば、この『観覧車』が『コーヒーカップ』や『メリーゴーラウンド』だったとしたら、引っかかりもしなかったと思うけど。でも、今回は面白い解釈を、ということだったから、ここを出発点として考えてみました。そして、私の解釈は」

少し緊張して、奏多と小山内先輩を交互に見る。奇抜すぎないだろうか、間違ってないだろうか。でも、もうここまできたら言うしかない。

「この歌は、相対性理論について言及してるんじゃないかな」

＊＊＊

グラウンドからは、セミの声と、野球部がノックをする音だけが聞こえている。沈黙を破ったのは、小山内先輩だった。

「相対性理論？　アインシュタインの？」

「そうです」

「全くよくわからないけれど、なんか面白そう。説明してもらえる？」

「もちろんです」

もうやるしかないと決めた明里は、順を追って説明する。

「まずは相対性理論をざっくりと説明します。相対性理論はアインシュタインが発表した考えで、簡単に言えば『時間と空間は独立的なものではなく、相対的なものであるということ』を証明したと言えます」

「どういうこと?」

と先輩が首を傾《かし》げる。奏多も不思議そうな顔をしていた。

「つまり、ある人と別の人との時間は異なることがある、ということです。例えば、同じ時間でも、Aさんにとっては一秒、Bさんにとっては一日に感じられることがある、ということなの」

事実としては、厳密な意味での「同じ時間」という定義は難しい。時間が異なるのだから、どちらからみて計測をするか、ということが関係してくるからだ。けど、大意は外していないはずだ、と明里は考えていた。

「それって」

奏多が目を丸くする。明里の意図していることが伝わったのだろう。

「そう、ここが後半部分と一致してくる。つまり、君には一日、我には一生というのは」

そこで明里は少し間をとる。そして、また奏多と先輩を交互に見つめながら、

「実際にそういう時間のずれがあったっていうことだね」

と言った。

奏多と小山内先輩は、納得がいったような、いかないような顔をしている。でもそれは、明里の想定内だった。明里自身も、最初はまったく得心がいかなかったし、さまざまな本や文献を調べてもなお説明が間違っているかもしれない。でも、明里の説を裏付ける根拠はいくつも見つかった。

「相対性理論において、速度が大きければ大きいほど、時間のずれ、つまり君と私の時間の感じ方の違いは大きくなる。ここから導き出される結論は一つ。それは、この解釈では君と私はどちらかがゴンドラに乗っていないことになる」

この解釈は、奏多と小山内先輩を見て思いついたものだった。観覧車に二人で乗るでもなく、観覧車を二人で外から見るのでもなく、一人しか観覧車に乗っていない。

「相対性理論においては、静止している状態では、動いている状態と比べて時間が速く進むと言われています。例えば、双子の兄がロケットに乗ってほぼ光の速さで宇宙旅行をしてきたら、地球に戻ってきた時は弟の方が歳《とし》をとっていることになります。先ほどの歌で言えば、だから、地球に残っていた、観覧車に乗っていないのは『私』の方です」

明里はここでまた時間をとった。どこまで説明をすればよいのだろう。小山内先輩と奏多の顔を見る。二人とも、話についてこれている様子だ。少しずつ話を具体的にしていきながら、解釈を広げていく。

「今までの部分から、必然的に導き出されるのは、第三者の存在です。つまり」

「君と観覧車に乗っている人、だね」

今度は小山内先輩が指摘をする。ちゃんと伝わっているみたいだ。

「そうです。私は地上にいて、私の想い人は別の人と、観覧車に乗っている。ゴンドラは夜の空を飛ぶ宇宙船で、私と彼の間には時間のずれがある。観覧車が速く回ることによって時間のずれは大きくなっていき、君には一日であって、私には一生というほどの時間がずれる。実際には光速に近づかないと、時間のずれなんてほとんどありませんから」

ふう、と息を吐いた。難しいところはこれで説明し終えたはずだ。時計を見ると、始まってからゆうに三十分を経過していた。こういう時の時間はあっという間に過ぎる。退屈な授業はびっくりするほど長いのに。これも、相対性理論の効果なのだろうか。

「まとめると、こうなります。読み手は、観覧車を外から見ている女性。ゴンドラに乗り込んだ男性と女性をみて、観覧車が速く、速く回ってほしいと願っている。そうすれば、相対性理論的には『君には一日　我には一生』になります。その理由としては、自分が好きな人が、誰かと恋仲になってほしくなかったのではないでしょうか」

「ほう?」

と小山内先輩が興味深そうにメガネを持ち上げた。

「その日、観覧車の中にいる二人は、告白をして、おそらくカップルになる。それを、外から見ている読み手の主人公は薄々、わかっている。だから、そうなる前に、今の関係を、ずっと続けていたい。そういう歌なんじゃないかって」

それは、勝手な解釈だったし、最初はどうしてこんな読み方ができたのかわからなかった。でも、明里は今は気がついていた。これは、自分の気持ちだ。奏多と小山内先輩の方を見ながら、こうまとめた。

「だからこの歌は、悲しい歌なんです」

二人とも、なんとも言えない表情で固まっていた。

数分、いや、実際には数十秒だったかもしれない。一人でうんうん言っていた小山内先輩が口を開いた。

「一つ、質問いいかな?」

「はい、どうぞ」

「こういうルールを設定した私が言うのも何なんだけどさ、相対性理論はあまりにも意外すぎない? どうやって思いついたの?」

「ヒントはいろんなところにありました。観覧車に乗ったときに、空を飛んでるというよりも、何か乗り物に乗っている風だなって感じたんです。それに、ゴンドラっていうのも船ですよね。そこから宇宙船とかの方向に発想を広げられないかなって」

「なるほどね」

小山内先輩は納得したように頷《うなず》く。今度は、奏多が口を開いた。

「意地悪な聞き方をするけど、今までは、その、相対性理論が当てはまる理由を聞いたけれど、明里がそれだ！　って思った理由はあるの？」

明里はちょっと考えて、スマホを取り出して先輩と奏多の方に向ける。

「まず、作者のプロフィールを検索してみた。そしたら、この作者、京都大学の理学部出身だったの。詩人なのにって意外に思ったけれど、これならその説も悪くないかもって。それから」

とスマホをポケットにしまって、今度はホワイトボードに書いてある、詩集のタイトルを指差す。そのタイトルは、『水惑星』。明里がそれに気づいた時は、出来すぎだと思った。

「これ、気がつかなかった？」

明里はさも最初からわかっていたかのように、得意げに、ニヤッとしながら言った。

＊　＊　＊

「やられた！」

　奏多の叫び声が地学準備室に響く。これから自分の番なのに、そんなことを言ってしまっていいのだろうか。そういうところが奏多らしいと明里は思ったけれど。

「じゃあ、次は奏多の番だね」

　そう言って、今度は奏多がホワイトボードの前に立った。じゃあ、と奏多が言った瞬間、誰かの携帯が鳴った。全員で顔を見合わせる。小山内先輩が鞄から携帯を取り出した。

「あちゃ、電話だ」

「すみません、なんか長くなってしまって」

　気づけば、すでに始まってから一時間以上が経過していた。複雑な説明だったとはいえ、もう少し整理してくればよかったと明里は反省した。太陽は傾きつつあり、地学準備室にも西日が差し込んでいる。

「ちょっと一瞬抜けるけど、続けておいて」

「はーい」

奏多は生返事をするが、明里は勝負のことが気になって聞いた。

「判定は？」

「本人たちでテキトーに決めておいて！」

「テキトーにって、私たちでですか？」

返事も聞かないまま、小山内先輩は携帯を持ってバタバタと教室を後にする。テキトーというのは、適当にということなのだろうけれど、先輩が言うとなんだか軽く感じる。

先輩が出て行ってから少しして、ホワイトボードの前で立っている奏多がようやく口を開いた。

「じゃあ、始めるけど」

「うん」

いつも二、三人で使っている準備室が、今は何やら広く感じる。じゃあ、と言って奏多は説明を始める。

「俺も、着目した点は、明里と同じ。つまり、『回れよ回れ』の部分。これは、話したっけ？」

「うん、ちょっと前にこの話になった。だから私もその部分に注目したんだし」

「明里の言ってた通り、ここが大事なポイントじゃないかなって思ってた。でも、正直に言えば、大体俺はこの歌を見た時から、ちょっとこうじゃないかなと考えてはいたんだ」

「どゆこと？」

「つまり、パッと第一印象でこうじゃないかなって思ってたってこと。でも、あんまり誰も言わないから、意外とみんなこう思わないのかもなって」

つまり、私がウンウン唸って三週間も考えていたというのに、奏多はぱっと見の印象で歌の解釈ができていたということだろうか。明里は煽《あお》られたような思いがして、少しイラッとした。それがわかったのか、奏多が慌てて注釈めいたことを言う。

「いや、それ以外にも色々考えたんだ。例えば、回れとか、観覧車とかが仏教的な輪廻《りんね》とかけられていて、巡り巡って君に逢《あ》いたい、みたいな」

「何その重そうな歌」

明里は思わず笑ってしまった。奏多はガタイがいいのに、こういう発想がどことなく女性的だ、と思う。

「でも、やっぱり自分らしい解釈の方がいいと思って」

そう言って、一呼吸置いた。間をとっているというより、躊躇《ためら》っている感じだ。

「この歌は、その」

そう言ってまた、奏多は明里を見た。明里はどうしたのか聞きたかったが、奏多が言い出すまで待つことにした。

「高所恐怖症の人が詠んだんだよ」

＊　＊　＊

先ほどとは逆に、今度は明里が驚く番だった。

「は？」

「だから、高所恐怖症だったんだって」

明里は、目をつぶって色々考える。確かに、歌の内容に合っている気もしなくはない。というか、明里の説よりもよっぽどストレートかもしれない。

「なるほど、じゃあ『回れよ回れ』っていうのは」

「そう、好きな人と一緒に観覧車に乗る時間はずっと続いて欲しい。でも、高いところには一秒だっていたくない、早く終わってほしいってこと。この二つの感情が入り混じった歌なんじゃないかと」

「じゃあ、『君には一日　我には一生』の部分は」

「高いところが怖いって少し恥ずかしいじゃん？　それが好きな人の前ならなおさらだよ。相手に気づかれなかったら、相手の記憶には残らないけど、自分は一生覚えてるよっていうメッセージ」

「そんなもんかな」

「俺は忘れないよ」

奏多と目が合う。明里は急に顔が赤くなるのを感じた。そして明里は全てが腑《ふ》に落ちた感覚があった。

「もしかして、奏多」

奏多は恥ずかしそうに笑った。

「そう、俺は高いところが苦手なんだ」

「じゃあ、遊園地で変な顔していたのも？」

「やっぱり、変な顔してた？　そう、あんな高いところをゆらゆら揺れるゴンドラに乗って上がるのなんて、やっぱり無理だったんだよ」

「変だなとは思ってたけど」

まさか、高所恐怖症だったとは。

「もしかして、小山内先輩がさっき変なタイミングで出て行ったのって……」

奏多が恥ずかしそうに、また頭をかいた。あんなところで携帯電話が鳴るのはおかしいと思っていた。そもそも、下鶴間高校では携帯電話は黙認されているだけで、全面OKという訳ではないのだ。

「バレてたか。そう、恥ずかしいから出てってもらった。まぁ、明里が説明をしてる時点であんまり勝ち目はないと思ってたし」

どうやら、奏多は小山内先輩にこっそりメッセージを送っていたらしい。明里は勝負のことをすっかり忘れていた。それよりも、明里は遊園地での奏多の行動を一つ一つ確かめるように思い出していた。

「ジェットコースターに乗れたのは、メガネを外してたからなんだね」

「そう、外しちゃえば見えないからあんまり怖くないんだ。それに、ジェットコースターで怖がるのは普通のことだし」

考えれば考えるほど、確かに辻褄《つじつま》は合う。

「じゃあ、小山内先輩は事前に知ってたんだ」

「そう。あの日、明里が準備室に来る前に遊園地に行こうって言われて、高いところは怖いからって観覧車に乗るのは嫌だって言ってたんだよね。その時にはもうぼんやりとあの歌の解釈が出来上がってたし。俺は下で待ってますって言ったんだけど」

奏多が苦い笑い方をした。

「直前になって、やっぱり乗りなよって言われちゃってさ。最後だから、後悔するかもだからって」

「まったく、あの先輩は」

明里はそう思うと同時に、なんだか胸のモヤモヤが晴れていくような気がした。

「奏多は、てっきり私と観覧車に乗りたくないんだと思ってた」

「なんで？」

「だっててっきり、小山内先輩といい関係になってると思ってたから」

奏多が黙った。そして一瞬間をおいて、笑った。

「ハハハ。先輩と俺が付き合ってるから、明里と観覧車に乗りたくないってこと？　ないない。だって、高いところ苦手な俺の意見を無視して観覧車乗せるような先輩だよ？」

「そうかもね」

明里はほっとしたような、どこか煮え切らないような感情に襲われる。これはなんだろう。

「じゃ、帰りますか」

奏多はそう言って、そそくさと鞄を手に持った。

窓の外を見ると、太陽は山の端に沈みかかっていて、空はオレンジから深い青に、綺麗なグラデーションを作っていた。運動部の声はもう聞こえなくなっていて、代わりにセミの合唱が聞こえる。明里は何かもう一つ、わからないことがあるような気がして、奏多の方を見る。先ほどの会話に、どこかおかしなところはなかっただろうか。

「あの、さ」

明里は奏多の方を見ながら、考えをまとめるようにして喋る。

「小山内先輩には、恥ずかしいから出て行ってもらったって、奏多は言ったじゃない？」

「うん」

「でも、小山内先輩は高所恐怖症のこと、知ってたんでしょ？」

「うん」

普段は口数の多い奏多が、珍しく頷くだけだ。

「なんで、先輩に出て行ってもらったの？」

「うん」

とそこで会話が止まって、また明里と奏多の目が合った。もう一回、奏多が、

「うん」

と言って、恥ずかしそうに笑った。

「あの、さ」

「はい」

「歌の解釈だけど、言ってたでしょ」

「何を？」

奏多の顔は西日に照らされて紅《あか》い。もしかしたら、私の顔も紅くなっているかもしれない。

「明里と一緒に乗ったからわかったって」

「うん」

「あの時、言おうと思ったけれど、勝負の最中はフェアじゃないと思ったし、それに……」

奏多が言いたいことは、明里にもわかった。だって、この三週間ずっと、恋愛の歌のことを考えていたのだ。それに明里はこの一年半、ずっと奏多のことを見てきたのだ。

「ねぇ、奏多」

明里は言った。

「またさ、今度、観覧車に乗りに行こうよ。二人が、一生の思い出に残るように。一回だけじゃなくて、何回も、何回も。今年だけじゃなくて、来年も、再来年も、その先も」

奏多がゆっくりと頷いた。お互い、へへッと笑った。

＊　＊　＊

伸びすぎた前髪はうっとうしいけれど、切ったらまた変になりそうでそのまま放置している。なんで髪って切ったすぐ後は変な感じになるんだろう。それならいっそこのまま伸ばし続けてしまおうか、と思う。でも、長かったら長かったでうっとうしいので、受験勉強が本格的に始まる夏休みの前までには切ってしまわないと。

私立下鶴間高校は、自称進学校ということもあって、高校三年生の夏休みまでには大学受験で扱うような一通りの基礎の学習は終わる。

「小山内先輩がいつも暇そうにしていたのも、わかるかも」

と明里は独りごちた。

「おーっす」

と奏多が地学準備室のドアを開ける。

「遅い！　昼休みはあと二十分しかないじゃない」

「ごめんって。鍋《なべ》センに呼び出されてて」

鍋センというのは、古典の先生で、確か奏多の担任の先生だったはずだ。その先生に呼び出されていたということは、進路のことだろうか。

「それより、歌、決めようぜ」

遅れといてその言《い》い種《ぐさ》はなんだと思わなくはないけれど、貴重な時間を啀《いが》み合いに浪費したくはなくて、明里も話を合わせる。

「去年の観覧車のは、どうやって決めたんだろ。小山内先輩に聞いておけば良かった」

「え？　聞いてないの？　なんか部に伝わる伝統的な決め方とかじゃないんだ？」

「小山内先輩は、『そこらへん、テキトーに決めといて』だって」

「先輩らしいや」

明里と奏多は声をあげて笑った。

「今、二年生って何人だっけ？」

奏多が真面目な顔をして聞いてくる。

「部員はいちおう五人。でも、一人は幽霊部員だし、穂乃果《ほのか》は兼部してるから、部長候補は三人ね」

「じゃあ、三角関係の歌にしよう」

ちょっとの間に、奏多のテキトーな感じが小山内先輩に似てきたような気がする。

「二人で決めてもあんまり進む気がしないし、奏多がいいなら私が決めちゃうけど」

「オッケー。でも一つ条件を出すなら、恋愛の歌がいいかな」

やっぱり楽しんでる、と明里は思ったけれど、それには明里も賛成だったので黙っておく。

「それと、忘れないでよ、来週」

「あー、はいはい」

昨年の部長決めから一年間、遊園地の年間パスポートを買って、ほぼ二ヶ月に一回のペースで遊園地に足を運んでいた。そろそろ奏多も高所恐怖症を克服し始めたみたいだった。

「やっぱり、この歌がいいかもね」

と言いながら、明里はノートに候補として「観覧車」とメモをした。

開け放っている窓から、明里は微かに夏の匂いを感じた。

著者略歴

佐藤　うさぎ（さとう・うさぎ）

一九七五年、東京都生まれ。二〇二三年「恋するヒマワリ　青空と自由の国から、この絵をきみに」（「Love letter」より改題）で第四回エブリスタ×ナツイチ小説大賞〈恋愛短編部門〉を受賞し、デビュー。

水野　七緒（みずの・なお）

一九七二年、青森県生まれ。二〇二三年「俺の幼なじみが俺というのはどうやら俺のせいらしい」で第四回エブリスタ×ナツイチ小説大賞〈恋愛短編部門〉を受賞。著書に『いたすぎる日々』（Nola文庫）がある。

百道　みずほ（ももち・みずほ）

一九七三年、茨城県生まれ。二〇二三年「地球最後の日」で第四回エブリスタ×ナツイチ小説大賞〈恋愛短編部門〉を受賞し、デビュー。

田崎　弘玖（たざき・こうく）

一九九六年、京都府生まれ。二〇二三年「観覧車」で第四回エブリスタ×ナツイチ小説大賞〈恋愛短編部門〉を受賞し、デビュー。

第四回エブリスタ×ナツイチ小説大賞〈恋愛短編部門〉受賞作

本書は、小説投稿サイト「エブリスタ」に掲載されたものを大幅に加筆・修正したオリジナル文庫です。

本文デザイン／西村弘美

集英社文庫
エブリスタ発の本

僕たちは恋をしない

短編プロジェクト編

親同士の不倫を解消させたい高校生の男女は恋人同士のふりをするが⁉（表題作） 第三回エブリスタ×ナツイチ小説大賞〈恋愛短編部門〉受賞作品集。

集英社文庫編集部編　よまにゃにちにち帳
集英社文庫編集部編　短編ホテル
集英社文庫編集部編　短編アンソロジー　学校の怪談
集英社文庫編集部編　よまにゃハッピーノート
集英社文庫編集部編　短編宝箱
集英社文庫編集部編　短編旅館
集英社文庫編集部編　北のおくりもの　北海道アンソロジー
青春と読書編集部編　COLORSカラーズ
短編プロジェクト編　非接触の恋愛事情
短編プロジェクト編　僕たちは恋をしない
短編プロジェクト編　恋するヒマワリ　青空と自由の国から、この絵をきみに

集英社文庫

恋《こい》するヒマワリ　青空《あおぞら》と自由《じゆう》の国《くに》から、この絵《え》をきみに

2023年10月25日　第１刷　　定価はカバーに表示してあります。

編　者　短編《たんぺん》プロジェクト
著　者　佐藤《さとう》うさぎ　水野七緒《みずのなお》　百道《ももち》みずほ　田崎弘玖《たざきこうく》
発行者　樋口尚也
発行所　株式会社 集英社
東京都千代田区一ツ橋2-5-10　〒101-8050
電話　【編集部】03-3230-6095
【読者係】03-3230-6080
【販売部】03-3230-6393（書店専用）
印　刷　TOPPAN株式会社
製　本　TOPPAN株式会社

フォーマットデザイン　アリヤマデザインストア　　マークデザイン　居山浩二

ISBN978-4-08-744585-5 C0193